Le Livre de Poche
Jeunesse

Lloyd Alexander, né en 1924 à Philadelphie, rêve à quinze ans de devenir poète, mais il lui faut bientôt travailler pour payer ses études. Pendant la guerre, il sert en France dans le contre-espionnage américain puis, la paix revenue, suit à Paris les cours de la Sorbonne, traduit Éluard, Sartre et d'autres auteurs contemporains. Rentré aux États-Unis avec son épouse parisienne, il écrit tout en gagnant sa vie dans la presse et la publicité. Il publie au début des années 60 ses premiers livres pour la jeunesse : contes et romans fantastiques qui lui valent des prix importants. Déjà parus en Livre de Poche Jeunesse : *La Ville des chats*, *Le Livre des trois*, *Le Chaudron noir*, qui a inspiré un film.

La princesse
et le charlatan

Du même auteur dans
Le Livre de Poche Jeunesse :

LA VILLE DES CHATS

Chroniques de Prydain :
LE LIVRE DES TROIS
LE CHAUDRON NOIR

Lloyd Alexander

La princesse et le charlatan

Traduit de l'anglais par
Jean-François Ménard

Couverture et illustrations
de Mette Yvers

Le Livre de Poche

La première édition de cet ouvrage
est parue sous le titre « Westmark ».

Première partie

L'imprimeur et son diable

1

Anton l'imprimeur avait surnommé Théo son « bon petit diable ». C'était d'ailleurs un diable à tout faire puisque Théo occupait à la fois les fonctions d'apprenti à l'atelier et de serviteur à la maison. Avant d'en arriver là, Théo avait eu la chance d'être orphelin : or, les notables de la ville de Dorning mettaient un point d'honneur à secourir les nécessiteux. Aussi, au lieu de l'envoyer dans l'une des Institutions Charitables du Roi où il aurait mené bien triste vie, s'étaient-ils chargés de prendre soin de lui dans la ville même. On l'avait tout d'abord confié à un tonnelier, puis à un sellier, mais il n'avait donné satisfaction ni chez l'un ni chez l'autre. Par une suite de hasards, il avait appris à lire, ce qui, selon certains, ne pouvait que gâter son bon sens et le rendre inapte à toute tâche tant soit peu utile. Et c'est ainsi qu'Anton avait fini par accepter de s'occuper du jeune garçon et de lui apprendre son métier.

Théo montra des dispositions pour ce travail et son maître et lui s'entendirent à merveille. Jamais Anton ne donnait le fouet à son bon diable et Théo, d'ailleurs, ne lui fournissait aucune raison de le faire. Autrefois robuste et bien musclé, Anton s'était quelque peu ramolli autour de la taille. Il n'avait pour seule passion que sa presse qu'il entourait d'une attention constante et d'où il sortait des pages imprimées avec une netteté irréprochable, réservant les taches à ses vêtements, ses mains et son visage. C'était à n'en pas douter un fort habile artisan. Des savants de l'université de Freyborg avaient coutume de lui confier l'impression de leurs traités, mais les affaires s'étaient singulièrement ralenties après que le roi eut nommé un certain Cabbarus au poste de premier ministre. Désormais, en effet, par ordre de ce Cabbarus, il fallait une autorisation officielle pour publier le moindre texte ; une simple dissertation sur la botanique était considérée d'un œil suspect et Anton s'était donc vu réduit à imprimer des cartes de visite pour les membres de la haute société et du papier à en-tête pour les commerçants. Sa situation n'était pas pire que celle d'autres imprimeurs du royaume d'Occiterre, elle était même bien meilleure parfois, car nombre d'entre eux avaient été arrêtés et certains même pendus haut et court.

Quant à Théo, il faisait grand cas de la vertu, méprisait l'injustice et montrait toujours un certain appétit. Pour le reste, il jouissait d'un bonheur raisonnable.

Un jour — c'était le début du printemps —, Anton quitta l'imprimerie pour mener quelques affaires au-dehors et confia à son petit diable le soin de le remplacer en son absence. Théo nettoya et rangea ses caractères puis accomplit ses autres tâches qu'il eut achevées à la fin de l'après-midi ; il s'apprêtait à fermer boutique lorsqu'un nain y entra en se pavanant comme un coq de concours.

Le petit homme était vêtu d'un manteau de voyage dont les pans tombaient jusqu'aux talons de ses bottes et portait sur la tête un énorme tricorne incliné sur l'oreille. Chapeau compris, le nain ne dépassait pas en hauteur l'estomac de Théo, mais, pour l'arrogance, il occupait bien la place d'une douzaine d'hommes de taille normale.

Théo était content de voir arriver un client, si petit fût-il, mais avant même d'avoir pu lui souhaiter le bonjour ou lui demander ce qu'il désirait, le nain s'était mis à fouiller dans les casses, à inspecter les bouteilles d'encre et à tripoter les rames de papier tout en jetant des coups d'œil en biais en direction de la presse.

Lorsqu'il consentit enfin à cesser son manège, il passa les pouces dans les poches de son gilet et annonça, d'une voix qui évoquait tout à la fois un coassement de grenouille et un roulement de grosse caisse :

« Mousquet ! »

Déconcerté, Théo ne sut que le contempler sans rien répondre. Le nain claqua alors des doigts.

« Mousquet ! répéta-t-il, c'est mon nom ! »

Il hocha la tête d'un air impatient, comme si Théo était censé le savoir sans avoir besoin qu'on le lui dise, puis il fit un geste circulaire de la main.

« J'imagine que vous êtes le seul imprimeur à Mornebourg, ou je ne sais comment on appelle cette ville, lança-t-il.

— Monsieur, pour vous dire la vérité... commença Théo.

— Oh ! inutile.

— Je veux simplement préciser, poursuivit le jeune garçon, que je ne suis pas l'imprimeur ; je ne suis que son apprenti.

— Eh bien, le gros et grand apprenti que voilà ! répliqua Mousquet, en tout cas, vous ferez l'affaire ; il le faudra bien. »

Le nain ôta son chapeau, libérant une flambée de cheveux roux, y plongea la main et en sortit plusieurs morceaux de papier qu'il jeta sur le comptoir. Chaque feuille était couverte d'une écriture serrée : apparemment le brouillon de quelque tract ou prospectus, songea Théo.

« A imprimer ! commanda le nain, et comme il faut ! Pas de travail bâclé ; c'est pour le docteur Absalon, célèbre dans le monde entier, vous avez forcément entendu parler de lui. »

Théo confessa que ce n'était pas le cas, ajoutant qu'il n'était jamais sorti de sa bonne ville de Dorning.

Le nain lui adressa un regard de pitié.

« Un grand garçon comme vous ? s'étonna-t-il, et qui n'a jamais mis les pieds hors de son trou ? Ah ! là ! là ! vous n'êtes vraiment pas dans la course ! Enfin ! »

Mousquet reporta son attention sur le texte à imprimer. Comptant sur ses doigts, il énuméra ses exigences d'un ton décidé et sans reprendre son souffle : nombre d'exemplaires, format, qualité du

« A imprimer ! » commanda le nain...

papier, sur laquelle avait bien insisté l'illustre docteur Absalon.

Ce que demandait le petit homme représentait plus de travail qu'on n'avait coutume d'en accomplir dans la boutique en une année entière. Théo commença à calculer dans sa tête à combien se monterait la commande, mais Mousquet lui épargna cette peine en lui proposant son propre prix, qui représentait une jolie somme et même plus que jolie. Lorsque Théo entendit la suite, cependant, le cœur lui manqua :

« Il faut le tout pour demain matin à la première heure, déclara le nain.

— Demain ? Mais c'est impossible ! Il n'y a pas assez de temps !

— A prendre ou à laisser. C'est demain ou jamais. »

Mousquet se balança sur ses talons, d'avant en arrière, tandis que Théo réfléchissait, l'esprit en ébullition. Il ne pouvait se résoudre à refuser une telle affaire. Avec un maître artisan tel qu'Anton, et pourvu que tous deux travaillent d'arrache-pied toute la nuit, c'était possible, et encore. Mais c'était à Anton de prendre la décision. Jamais Théo ne s'était engagé à honorer une commande de sa propre initiative.

« Alors, qu'est-ce que vous dites ? demanda Mousquet.

— Vous l'aurez. Demain à midi », répondit Théo.

Le nain pointa l'index sur lui.

« Neuf heures », dit-il.

Théo eut du mal à avaler sa salive.

« Soit, à neuf heures, promit-il.

— Tope là, c'est moi qui viendrai chercher tout ça. »

Mousquet enfonça son chapeau sur sa tête et se dirigea vers la porte.

Théo n'avait pas un instant à perdre. Anton allait être ravi — ou furieux qu'il eût fait des promesses impossibles à tenir. Dès les premiers jours de son apprentissage, Anton avait enseigné à Théo qu'on devait toujours pouvoir compter sur sa parole, une fois donnée. Lorsque Mousquet fut parti, le jeune garçon commença à étudier les morceaux de papier qu'il lui avait laissés pour voir comment il pourrait organiser au mieux son travail.

Le docteur Absalon, à ce qu'il lut, se vantait de posséder des pouvoirs magnétiques et hypnotiques, ainsi que le secret de la jeunesse éternelle. Il s'offrait également, en échange d'honoraires modestes, à guérir les verrues, la goutte, les calculs biliaires, les furoncles et, d'une manière générale, tous les maux qui affligent ordinairement l'espèce humaine.

Tout cela n'était que fadaises, très certainement écrites par le docteur Absalon lui-même ; lui seul pouvait nourrir à son égard une opinion aussi avantageuse. Bien qu'il n'eût jamais fréquenté l'école, Théo avait lu tous les livres qui se trouvaient dans l'arrière-boutique de son maître ; il en avait conçu une respectueuse admiration pour le savoir des professeurs de l'université de Freyborg et il imaginait sans peine ce qu'ils auraient pu dire du prétendu docteur. Pourtant, ce nain avait surgi devant lui avec tant d'étrangeté, comme porté par un vent venu d'un autre monde, que Théo ne pouvait s'empêcher de ressentir une certaine fascination à son endroit et même, de croire à moitié ce qu'il venait de lire. Certes, son bon sens essayait malgré tout de reprendre le dessus, mais le jeune garçon restait sourd à ses appels.

Anton ne revint qu'après le coucher du soleil ; Théo était encore en train de composer le texte, ne s'étant arrêté que pour allumer des chandelles. Sa main sautait d'un cassetin à l'autre, attrapant au passage les caractères qu'il disposait sur la forme que tenait son autre main. Le martèlement des bottes d'Anton sur le plancher le fit sursauter. Il se précipita aussitôt pour accueillir l'imprimeur qui ôtait son manteau d'un geste las.

Le visage d'Anton, d'ordinaire enjoué, paraissait gris et avachi. Théo, tout impatient d'annoncer la bonne nouvelle, estima cependant qu'il valait mieux la garder pour le dessert et il proposa en attendant de faire cuire un pot de lentilles à son maître.

« Non merci, mon garçon, répondit Anton, j'ai perdu l'appétit chez le notaire. Je suis passé à son étude pour lui rappeler qu'il me devait un petit quelque chose, mais il m'a fait attendre dehors, à me geler les pieds, tandis qu'il mangeait un souper chaud ; puis quand il a enfin consenti à m'adresser la parole, il m'a juré qu'il me poursuivrait en justice si jamais je venais l'importuner à nouveau.

— C'est impossible, vous avez la loi avec vous. Wellek parle de cas semblables dans ses *Commentaires de droit* ; vous êtes bien placé pour le savoir puisque c'est vous qui l'avez imprimé.

— Ça, c'était avant Cabbarus. Les livres sont une chose, mais la façon dont va le monde en est une autre.

— Le roi Augustin a dû perdre la tête quand il a nommé Cabbarus ministre et qui plus est en lui confiant la plus haute charge du gouvernement.

— Perdre la tête ? Oui, de chagrin, depuis la disparition de la princesse. Il y a déjà six ans de cela et le couple royal n'a toujours pas eu d'autre enfant. La reine Caroline, elle, a réagi avec plus de force que son époux. Ce qui est d'autant plus dommage, c'est qu'Augustin aurait pu être un bon roi.

— Je comprends qu'il ait eu du chagrin, dit Théo, mais celui qu'il faut blâmer, c'est Cabbarus, car c'est lui qui parle au nom du roi. Il fait d'ailleurs bien pire que parler, il décide des lois ; si toutefois on peut appeler ça des lois : elles sont si éloignées de la justice ! Cabbarus tient à la gorge tous les imprimeurs d'Occiterre, mais moi, c'est Cabbarus que j'aimerais bien tenir à la gorge. Je voudrais que...

— Allons, ça suffit, coupa Anton, je ne veux pas entendre ce genre de langage. Je t'ai enseigné mieux que cela. Sache que je défendrai toujours ce que je crois juste : que le Ciel vienne en aide à quiconque touchera à ma presse, car il aura affaire à moi, mais ni toi, ni moi, ni quiconque d'autre n'a à juger si un homme mérite de vivre ou de mourir. »

Théo lui adressa un sourire.

« C'est ce qui est écrit dans le *De Rerum Justitia*, dit-il, je l'ai lu. »

Anton pouffa de rire.

« Dans ce cas, tu en sais autant que moi. Est-ce donc ainsi que tu passes le temps lorsque je ne suis pas dans la boutique ? Bah ! j'imagine que tu pourrais faire pire. Au fait, qu'est-ce que tu fabriquais quand je suis arrivé ? Je t'ai vu en pleine besogne, et pourtant, nous n'avons aucun travail en cours. »

Théo ne put cacher davantage la nouvelle.

« Si, justement, répondit-il, et c'est peut-être même une trop lourde tâche. »

Il raconta alors brièvement à Anton ce qui s'était passé. Au lieu de lui faire le moindre reproche, son maître parut aussitôt s'illuminer et lorsqu'il vit le travail que Théo avait déjà accompli, il lui donna une tape dans le dos puis saisit un tablier taché d'encre.

« Brave garçon ! s'exclama-t-il, je n'aurais pas fait mieux moi-même. Quitte à nous rompre le dos, nous finirons à temps pour contenter ce Moussalait ou je ne sais comment il s'appelle. »

Anton s'affaira dans la boutique, sortant des châssis, des plaques et des taquoirs pour être sûr d'avoir tout sous la main. Théo, quant à lui, se hâta de retourner à sa composition ; perdant bientôt toute notion de temps, il n'entendait même plus sonner l'horloge, au clocher de la ville. Le visage rouge et maculé d'encre, Anton prépara la presse et avant l'aube, tous deux commencèrent à tirer les épreuves des premières pages.

Théo venait de prendre une feuille de papier lorsque des coups frappés avec force contre la porte le firent sursauter. Tout d'abord, il pensa que Mousquet était venu plus tôt que prévu ; mais l'on tambourinait avec plus de violence que le nain n'aurait pu en déployer, quelle qu'eût été son impatience.

Théo se précipita vers la porte ; avant qu'il n'ait pu l'atteindre, cependant, le panneau de bois se fracassa, fut arraché de ses gonds et s'abattit sur le sol, à l'intérieur de la boutique. Deux hommes en uniforme entrèrent alors en bousculant le jeune garçon d'un coup d'épaule.

2

C'étaient des soldats de la milice. Théo reconnut à l'instant leurs tuniques vertes et leurs ceintures blanches croisées. Par réflexe, il leva les bras pour se protéger, mais au même moment, l'un des soldats lui donna un coup dans les côtes avec la crosse de son mousquet ; Théo se plia en deux sous le choc, puis tomba à genoux, les mains crispées sur le ventre, haletant de douleur. L'homme qui l'avait frappé lui jeta un bref regard dénué de toute malveillance, de toute curiosité : c'était comme si le jeune garçon n'eût été à ses yeux qu'une pièce de bétail sans intérêt.

Un troisième personnage avait pénétré dans la boutique. Rasé de frais, enveloppé d'une cape gris foncé, il portait un chapeau haut dont les bords étaient relevés et aurait pu passer pour un marchand ou un conseiller municipal.

A son entrée, les soldats rectifièrent la position.

Anton hurlait en brandissant son rouleau encreur, mais l'officier ne lui prêta aucune attention. Il s'avança au centre de la boutique, puis, d'une voix où perçaient l'ennui et la lassitude — il avait si souvent fait la même déclaration qu'il la débitait machinalement —, il informa Anton que par Décret Royal, toutes les imprimeries étaient désormais sujettes à inspection.

« Afin, poursuivit-il, que soit empêchée toute

publication contraire à la loi, et réprimée toute conduite criminelle... »

Lorsque Anton comprit que l'officier se contentait de réciter par cœur sa litanie, il éclata de rire.

« Contraire à la loi ? Criminelle ? s'exclama-t-il, je vais vous dire, moi, ce qui est criminel : c'est d'empêcher les gens de travailler ! »

Il avait le visage écarlate et ruisselant de sueur. L'officier le toisa avec dégoût, puis s'approcha de la table de travail. Il prit l'une des feuilles de papier et parcourut rapidement le texte qui y était écrit.

« Qui est cet Absalon ? demanda-t-il, c'est un imposteur, de toute évidence, mais Dieu sait ce qu'il cache d'autre. Il faudra s'intéresser à lui de plus près. Et à vous également. »

L'officier plia la feuille de papier et la glissa sous sa cape.

« Est-ce là le genre de négoce que vous favorisez ? interrogea-t-il.

— Si je ne faisais que ce qui me plaît, je mourrais de faim, répliqua Anton, je suis un imprimeur et non un juge.

— Tout à fait exact, approuva l'officier, et dans ce cas, montrez-moi donc votre autorisation de publier ce texte et tous ceux que vous avez récemment imprimés. »

Anton jeta un regard à Théo qui venait de se relever.

« Ah ! oui, heu... l'autorisation... balbutia-t-il.

— Nous l'aurons dans la matinée, intervint Théo, dès que les bureaux de la mairie seront ouverts. »

L'officier haussa les sourcils.

« Vraiment ? dit-il, vous admettez donc que pour l'instant, vous ne disposez pas de cette autorisation ?

— Le client est venu tard dans l'après-midi, expliqua Théo, la mairie était fermée et il avait absolument besoin que le travail soit terminé ce matin ; il n'y avait pas d'autre moyen...

— Que de violer la loi, l'interrompit l'officier. Très bien, l'affaire est claire. »

Il fit un bref signe de tête à l'adresse des soldats, puis montra la presse.

« Fichez-moi ça en l'air, ordonna-t-il.

— Non ! s'écria Théo, ce n'est pas juste, nous ne sommes pas des criminels ! »

Incrédule, Anton regarda les miliciens poser leurs mousquets et saisir chacun un coin de la presse pour la renverser. L'imprimeur n'hésita qu'un court instant ; à peine les soldats eurent-ils touché la précieuse machine qu'il se jeta sur eux, frappant au visage l'un des miliciens à l'aide de son rouleau encreur. Sous la force du coup, le soldat à demi assommé fut projeté contre le mur ; Anton laissa alors tomber son arme improvisée et attrapa le deuxième milicien par la ceinture. L'homme se dégagea et Théo se précipita pour prêter main-forte à son maître. Mais du coin de l'œil, il vit l'officier glisser la main sous sa cape et en sortir un pistolet qu'il pointa sur l'imprimeur déchaîné. Théo saisit aussitôt l'un des châssis de fer posés sur la table et le souleva d'un mouvement vif ; le métal se tordit dans sa main, décrivit un arc de cercle et s'abattit sur la tempe de l'officier. L'homme poussa un

Ils coururent longtemps ainsi...

grognement et tomba en avant, appuyant dans sa chute sur la détente du pistolet. La balle s'enfonça dans le plancher.

Le soldat écroulé contre le mur se redressa, essayant d'essuyer l'encre de ses yeux, tandis que son camarade tournait son mousquet vers Théo puis faisait feu. Il manqua le jeune garçon et la balle vint fracasser le compartiment d'une casse.

Théo entendit à peine les deux détonations ; il ne parvenait pas à détacher son regard de l'officier étendu sur le sol. Son chapeau avait roulé sous la table et les muscles de son visage s'étaient relâchés : il avait la bouche grande ouverte. Du sang coulait de son nez, formant sur sa joue une arabesque cramoisie.

Le milicien s'efforçait de recharger son mousquet en poussant des jurons. Théo semblait figé sur place ; Anton lui criait quelque chose, mais ses mots lui paraissaient lointains ; il ne les comprenait pas.

La seule chose dont il se rendit enfin compte, ce fut qu'Anton le poussait au-dehors ; bientôt, il s'aperçut qu'il courait sur les pavés, les jambes animées d'un mouvement machinal. Et chaque fois qu'il faiblissait, l'imprimeur l'entraînait à nouveau avec lui. Quelques minutes plus tard, ils s'engouffrèrent tous deux dans l'ombre d'une ruelle.

Théo répétait sans arrêt la même question : l'homme était-il mort ? Mais Anton, hors d'haleine, ne répondait pas, s'efforçant de reprendre son souffle. Ils coururent longtemps ainsi, passant d'une rue à une autre pour essayer de brouiller leur piste. Enfin, Anton s'immobilisa, s'appuyant d'une main contre le mur d'une maison.

« Je n'en peux plus, haleta-t-il, va, sauve-toi. »

Il indiqua une direction d'un signe de tête.

« Va par là, dit-il, moi, je prendrai l'autre rue ; nous aurons plus de chances de leur échapper si nous nous séparons. »

L'esprit de Théo était encore dans la boutique et il lui fallut quelques instants pour saisir ce que son maître lui disait. Derrière eux retentirent des bruits de bottes qui se rapprochaient.

« File ! » s'exclama Anton.

Il prit Théo par le col, le fit tourner sur lui-même, puis le projeta de l'autre côté de la ruelle, dans la direction opposée.

Lorsque le jeune garçon se retourna à nouveau, Anton avait disparu. Il se précipita pour essayer de le rattraper, mais s'arrêta tout aussitôt : impossible de savoir dans quelle autre rue son maître s'était enfui. Tout à coup, il vit un éclair, entendit une détonation et se remit instantanément à courir droit devant.

Théo avait toujours vécu à Dorning, mais la ville semblait s'être brusquement transformée. Il ne reconnaissait plus rien ; des maisons se dressaient devant lui qu'il n'avait jamais vues auparavant ; s'efforçant d'apercevoir le clocher, il suivit une rue qui lui paraissait familière. Mais elle aboutissait à une impasse qui n'aurait pas dû se trouver là. Saisi de panique, il fit demi-tour. Bientôt, la place du marché lui apparut ; comment l'avait-il atteinte ? Il n'en avait pas la moindre idée, mais au moins, il savait où il était. L'auberge de la Couronne se trouvait à sa gauche, à quelques pas de lui ; il courut dans cette direction, pensant qu'il pourrait peut-être se cacher dans les écuries. A cette heure de la matinée, les portes qui donnaient accès à la cour intérieure étaient fermées. Théo jeta un coup d'œil en arrière : il n'y avait personne. Il sauta alors à pieds joints, s'agrippa au sommet du mur, puis se hissa de l'autre côté.

Aucune lumière ne brillait derrière les fenêtres de l'auberge. Théo se hâta de traverser la cour et se réfugia dans l'une des écuries. Une lanterne était accrochée au mur, mais il n'y avait pas trace de Bodo, le palefrenier. Il ignorait si celui-ci était allé dormir dans un coin ou s'il risquait d'apparaître à tout moment.

Théo, dans l'immédiat, n'avait d'autre plan que de rejoindre Anton dès qu'il serait parvenu à reprendre ses esprits et que son cœur aurait cessé de cogner dans sa poitrine. Un carrosse était stationné au fond de l'écurie. C'était la seule cachette possible ; il s'en approcha et tourna la poignée de la portière. Celle-ci n'était pas fermée à clef ; Théo l'ouvrit et monta à l'intérieur du véhicule.

Mais avant qu'il n'ait pu refermer la portière derrière lui, une silhouette surgit comme un diable de sa boîte et il sentit un boulet de canon le frapper à l'estomac en le projetant contre la banquette.

Le boulet de canon était en réalité une tête attachée à un corps qui semblait avoir plus que le nombre habituel de bras et de jambes, chacun de ces membres rouant de coups le jeune garçon. Un instant plus tard, Théo se trouva nez à nez avec le visage indigné du nain qui le fixait d'un air mauvais.

3

« L'apprenti ! » s'écria Mousquet, d'un ton plus exaspéré que surpris.

Ses paupières battaient furieusement sur ses yeux rougis par le sommeil. La chemise déboutonnée, le foulard de travers, il avait perdu de sa superbe.

« Je vous avais pris pour un cambrioleur, dit-il, qu'est-ce que vous faites dans mon carrosse ?

— Ils ont essayé de démolir notre presse, répondit Théo d'un ton précipité, trop absorbé par son propre désarroi pour se montrer surpris à la vue de son client d'un jour, ils s'apprêtaient à nous arrêter.

— Vous avez des ennuis avec les autorités ? interrogea Mousquet en lui adressant un regard en biais, dans ce cas, et quelle qu'en soit la raison, ne nous mettez pas dans le bain ! Sortez d'ici ! Allons, filez !

— S'il vous plaît... Laissez-moi me reposer quelques instants. Je ne sais plus quoi faire. Mon maître est quelque part dans la ville, poursuivi par les soldats. Et ils cherchent aussi le docteur Absalon. »

Le nain s'était efforcé de jeter le jeune garçon hors du carrosse. Mais à la mention du docteur, il s'immobilisa.

« Asseyez-vous ici, ordonna Mousquet, ne partez pas. »

Le nain chaussa ses bottes, descendit du carrosse et courut en direction de l'auberge.

Resté seul, Théo tenta de remettre un peu d'ordre dans ses pensées. Il se maudit de n'avoir pas réussi à suivre Anton, perdant ainsi sa trace. La tête dans les mains, il ferma les yeux mais aussitôt, le visage au teint cireux de l'officier lui revint en mémoire.

Mousquet fut de retour quelques instants plus tard. Derrière lui, un homme à la silhouette massive achevait de rentrer dans la ceinture de son pantalon un pan de sa chemise.

Théo descendit à son tour du carrosse.

« Docteur Absalon ? » demanda-t-il.

L'homme à la panse rebondie hocha la tête en signe d'approbation. Il avait les traits grassouillets d'un bébé gigantesque et une moustache noire qui lui donnait l'air féroce.

« La politesse devrait m'engager à vous assurer que je suis votre dévoué serviteur, dit-il, mais en réalité, c'est plutôt vous qui allez probablement être à mon service. Je suis le comte Las Bombas. »

Théo se tourna vers Mousquet.

« Je croyais que vous étiez parti chercher le docteur Absalon, s'étonna-t-il.

— Bah ! en la circonstance, peu importent les noms, ils ne font que semer la confusion, répliqua le comte avec un geste dédaigneux de la main, mon cocher me dit que vous avez eu quelques difficultés tout à l'heure et que le nom « Absalon » a été prononcé dans la... disons... conversation ? »

Théo entreprit de raconter ce qui s'était passé tandis que Las Bombas l'encourageait en hochant la tête tout en l'interrompant de temps à autre pour lui demander de répéter certains détails.

« L'officier, dites-vous, a pris l'une des pages ? Et l'a gardée ?

— En effet, confirma Théo, il a traité le docteur Absalon d'imposteur en disant qu'il faudrait s'intéresser à lui de plus près. Après, quand il a sorti un pistolet, je... je l'ai tué. Mais je jure que je ne l'ai pas fait exprès.

— Que le Ciel nous protège le jour où vous ferez quelque chose volontairement ! commenta Las Bombas, et maintenant, dites-moi : les deux soldats ont-ils entendu l'officier lorsqu'il a prononcé ces mots ?

— Sans doute. Ils étaient juste à côté de lui.

— Et bien sûr, ils iront les rapporter à quelqu'un, même si leur supérieur n'est... n'est plus parmi nous ?...

— S'ils s'en souviennent, après tout ce qui est arrivé.

— On se souvient toujours des choses désagréables, assura Las Bombas, il faut envisager le pire. La sagesse impose que le docteur Absalon soit tout à coup appelé d'urgence en dehors de la ville. Quant à vous, jeune homme, permettez-moi de vous poser une question : que comptez-vous faire pour sauver votre peau ?

— Je dois rétablir la vérité. J'irai à la police.

— La police ! s'exclama Las Bombas en fixant Théo du regard, mais c'est le dernier endroit du monde où rétablir la vérité !

— Que puis-je faire d'autre? Mon maître a peut-être été mis en prison. Les miliciens n'avaient aucune raison de perquisitionner dans la boutique. Nous n'avons rien fait de répréhensible ; et je ne voulais aucun mal à l'officier.

— Mon pauvre garçon, qui donc va croire cela ?

— C'est la vérité, il faudra bien qu'ils me croient.

— Il est dans la nature de la police de ne jamais croire. »

Le comte Las Bombas gonfla les joues et soupira.

« Je vous félicite pour votre sens du devoir, déclara-t-il, mais je n'ai nulle intention de le partager. Mousquet et moi, nous allons partir sur-le-champ. »

Le nain avait déjà commencé à entasser des vêtements dans un sac de voyage. Las Bombas lui commanda de faire encore plus vite, puis il adressa un signe de la main à Théo.

« Adieu, dit-il, j'espère que vos difficultés se résoudront de manière satisfaisante, quoique je nourrisse les plus grands doutes à ce sujet. »

Laissans le comte et son cocher à leurs préparatifs, Théo traversa la cour intérieure de l'auberge, tira le verrou de la porte et se glissa dans la rue. La décision qu'il avait prise dans l'écurie, et qui lui avait paru si évidente, le mettait à présent mal à l'aise. Il craignait que le comte n'eût raison et que cette mauvaise affaire ne se révélât encore pire. Théo avait choisi la seule solution honorable, mais au lieu d'en éprouver plus de force, il en ressentait au contraire le fardeau. Les dents serrées, il se dirigea néanmoins vers le siège de la police.

Mais avant d'avoir pu aller bien loin, il aperçut

au bout d'une ruelle l'un des policiers de Dorning, une lanterne à la main. Théo se précipita aussitôt vers l'homme en l'appelant à grands cris. Le policier jeta un coup d'œil au jeune garçon puis se mit à courir dans la direction opposée. Et ainsi, après avoir été poursuivi dans les rues de la ville pendant une bonne partie de la nuit, Théo, quelque peu perplexe, dut allonger le pas pour poursuivre à son tour le policier qui s'enfuyait.

Il finit enfin par le rattraper : c'était l'agent Pohn qu'il avait toujours connu, aussi loin que remontaient ses souvenirs. Pohn mit immédiatement sa lanterne en veilleuse. Doué d'ordinaire d'une nature affable, il s'en prit à Théo avec colère : « Qu'est-ce que tu fais ici ? s'exclama-t-il, on a reçu l'ordre de fouiller la ville pour te retrouver !

— Eh bien, voilà, vous m'avez trouvé, dit simplement Théo, j'allais justement à la police. Où est Anton ? Et l'officier ? Est-il... ?

— Il a la tête cassée, mais il se remettra.

— Dieu soit loué. Et Anton ?

— Cette affaire est très mauvaise, dit Pohn en prenant le bras de Théo, il ne faut pas que tu restes à Dorning.

— Je dois mettre les choses au clair. Tout est ma faute, je ne veux pas qu'Anton soit tenu pour responsable.

— Mais il est mort ! s'écria Pohn, il a été tué dans la rue, et maintenant, tout le monde te cherche ! »

Théo le regarda les yeux grands ouverts, incapable de réagir. Il lui sembla que des aiguilles de glace s'étaient soudain coincées en travers de sa gorge, l'étouffant et le meurtrissant tout à la fois. Pohn le secoua vivement.

« Écoute-moi, dit-il, un mandat d'arrêt a été lancé contre toi. C'est un Inspecteur Royal que tu as assommé ; il s'agit donc d'un crime qui relève des tribunaux de la Couronne, et non pas d'un délit local. Nous ne pouvons rien pour toi et tu ne peux rien pour Anton. Dès que quelqu'un t'apercevra, tu seras mis en prison, poursuivit Pohn avec précipitation, mais qui peut dire que je t'ai vu ? Nous allons fouiller les bois à l'ouest de la rivière. C'est sans doute là que se cacherait un criminel en fuite, n'est-ce pas ? Il ne se risquerait pas à se montrer sur les chemins. Il serait tout à fait impensable, par exemple, qu'il emprunte la Grand-Route du Roi. Il est donc inutile que nous perdions notre temps à le chercher dans cette direction. J'espère que je me suis bien fait comprendre ? »

Pohn se tut, tourna les talons et s'éloigna le long de la ruelle, promenant sa lanterne dans les recoins et les encoignures de portes, comme s'il cherchait véritablement le fugitif.

Désemparé, Théo se répétait par bribes les paroles du policier. Toute cette histoire était déraisonnable et injuste. Animé d'une brusque colère, il voulut rester à Dorning pour faire face à ses accusateurs, sans tenir compte des recommandations pressantes de Pohn. Ni Anton, ni lui n'avaient commis de crime. Alors, pourquoi devait-il tout à coup abandonner son seul foyer, ses livres, son travail ?... Et pourtant, il savait que tout cela n'existait plus, désormais, que tout avait été soudain détruit.

Contre son gré, et avec un douloureux sentiment d'amertume, il se força à s'éloigner en direction de l'est, vers la sortie de la ville. Le ciel s'éclairait et des lambeaux de brume flottaient sur les jardins maraîchers, aux limites de Dorning. Un coq chanta dans la cour d'une ferme et Théo pressa le pas, coupant à travers des champs récemment labourés. Il finirait bien, pensa-t-il, par atteindre ainsi la grand-route.

Ce fut à cet instant seulement qu'il sentit peser sur lui tout le poids de son chagrin. Mais il y avait également autre chose au fond de sa conscience, quelque chose qu'il ne parvenait pas à effacer, comme une poussière dans l'œil qu'aucune larme n'aurait pu emporter. Il ne pouvait se résoudre à y penser ; il ne pouvait non plus s'en détacher ; finalement, il fut incapable de supporter plus longtemps cette indécision et dut admettre une bonne fois ce qu'il avait essayé de se cacher, ce qu'il voulait oublier : le châssis de fer n'avait pas frappé l'officier par accident, dans un mouvement incontrôlé. Jamais auparavant Théo n'avait manifesté un tel geste de colère, jamais il ne s'était montré violent. Pourtant, en cette circonstance précise, il avait voulu plus que tout tuer cet homme.

Jusqu'alors, il avait cru à sa propre bonté et il plaida sa cause en faisant valoir à ses propres yeux qu'il avait toujours été un être humain tout à fait honorable, naturellement porté à la bienveillance. Mais ses arguments en sa faveur ne purent balayer de sa mémoire le visage sanglant qui semblait se dresser devant lui. Son estomac se souleva ; il se plia en deux, saisi de haut-le-cœur, puis il s'assit sur le sol, la tête sur les genoux, en se jurant de toutes les manières possibles que jamais, jamais plus, il n'agirait ainsi.

Enfin, il se releva. La route n'était plus très loin et il se remit en chemin dans cette direction, sans regarder en arrière. Il n'osait pas.

4

Vers le milieu de la matinée, le soleil avait dissipé la brume dans la vallée qui s'étendait à l'est de Dorning. Théo calcula qu'il n'avait parcouru que quelques kilomètres, mais il était déjà fatigué. Jusqu'à présent, il n'avait rencontré aucun autre voyageur, ce dont il se félicitait. Devoir expliquer les raisons pour lesquelles il se trouvait là était bien la dernière chose qu'il souhaitait en ce moment. Il avait déjà fait violence à un homme ; il ne voulait pas aggraver son cas en faisant également violence à la vérité. Il avait réussi à vivre jusqu'à ce jour sans avoir jamais dit le moindre mensonge, mais il savait bien que les circonstances l'obligeraient tôt ou tard à mentir effrontément. Tout ce qu'il pouvait faire, c'était retarder le plus possible ce moment.

Théo était en train de penser qu'il serait d'ailleurs plus sage de rester à l'écart de la route lorsqu'il vit une jument gris pommelé trotter dans sa direction. Harnachée, ses rênes traînant derrière elle, elle poussa un hennissement et rejeta la tête en arrière, mais se laissa prendre par la bride sans autre protestation. De toute évidence, l'animal appartenait à quelqu'un. La fatigue de Théo l'emporta cependant sur cette considération.

« Du calme, fillette, dit-il, qui que soit ton propriétaire, je suis bien désolé pour lui, mais j'ai besoin de toi ; je suis un fugitif recherché par la police. Et je vais également devenir un voleur de cheval », ajouta-t-il avec amertume.

Le jeune garçon enfourcha maladroitement la jument. L'art équestre lui était aussi étranger que le comportement des criminels en fuite, mais il parvint malgré tout à tourner sa monture vers l'est, content d'avoir enfin un peu de chance dans son malheur.

Pourtant, à peine eut-il parcouru un kilomètre que son coup de chance se révéla singulièrement douloureux. Ses jambes lui faisaient mal, en effet, et au lieu d'avoir des ampoules aux pieds, c'était un autre endroit de sa personne qui se trouvait mis à rude épreuve. Aussi préféra-t-il descendre de cheval et poursuivre son chemin en marchant. La jument lui emboîta le pas, lui soufflant affectueusement dans la nuque et le poussant du bout du nez lorsqu'il ralentissait l'allure.

Avant d'avoir pu imaginer un moyen de se débarrasser de cet animal, qui renversait les rôles en le conduisant au lieu de se laisser mener, Théo aperçut, au détour d'un virage, un carrosse qu'on avait tiré sur l'herbe du talus. Les portières en étaient ouvertes, les brancards vides, et quelques bagages se trouvaient répandus sur le sol. Une grosse pipe d'argile coincée entre les dents, le nain était perché sur le toit du véhicule. Le comte Las Bombas, quant à lui, en bras de chemise et le visage en sueur, était assis sur un rocher, l'air maussade.

Dès qu'il vit Théo, le nain sauta du carrosse avec l'agilité d'un acrobate.

« Je vous l'avais bien dit qu'elle reviendrait d'une manière ou d'une autre ! s'exclama-t-il en se tournant vers le comte, et si vous l'aviez laissée tranquille, au lieu de la poursuivre comme un idiot, elle n'aurait jamais songé à s'enfuir. »

Las Bombas se releva en adressant un signe de tête à Théo.

« Il nous faut vous remercier d'avoir retrouvé cette ingrate créature, dit-il. Je vois que vous avez finalement décidé de ne pas vous rendre aux autorités. Voilà qui est fort sage.

La jument lui emboîta le pas...

— Je l'aurais fait, répondit Théo, mais... »

Il s'interrompit, comme si en prononçant les mots qu'il avait en tête, il risquait, d'une certaine façon, de rendre la réalité encore plus définitive.

« Mais ils ont tué mon maître, acheva-t-il avec difficulté.

— J'en suis navré, jeune homme. C'est un rude coup. Où en êtes-vous, avec tout cela ?

— Un mandat d'arrêt a été lancé contre moi et la police m'a quasiment ordonné de prendre la fuite. L'Inspecteur Royal que je croyais mort a survécu, cependant.

— Et il est sûrement dans une meilleure situation que la nôtre. Étant donné l'état des routes, dans cette région, l'une des roues du carrosse a pris du jeu et menaçait de se détacher. Nous nous sommes arrêtés et Mousquet a étourdiment laissé s'échapper notre cheval... Friska ! Veux-tu bien ? Allons, ça suffit ! »

Ces exclamations s'adressaient à la jument qui s'était approchée de son maître par-derrière et lui mordillait le cou. Le comte s'éloigna de quelques pas pour se mettre hors d'atteinte et Mousquet conduisit Friska vers le carrosse pour l'atteler à nouveau.

« Décidément, on voit bien que cet animal est un civil, remarqua le comte, ce n'est pas mon destrier qui se serait conduit ainsi au temps où je servais dans le régiment des Lanciers de Salamanque. »

Des objets étaient entassés à côté du carrosse et Théo jeta un regard interrogateur vers ce qui semblait un amas de bras et de jambes.

« Avouez qu'ils paraissent extraordinairement naturels, dit Las Bombas, c'est un travail tout à fait remarquable. »

Il ramassa l'un des bras et le montra à Théo. Le faux membre était creux, constitué d'étoffe peinte tendue sur une armature de bois léger et flexible.

« Ils me sont souvent utiles dans l'exercice de ma profession, et même parfois indispensables.

— Mais dans votre prospectus, vous disiez que vous étiez docteur, fit remarquer Théo.

— Lorsque les circonstances l'exigent, en effet. Sachez, jeune homme, que j'ai consacré ma vie à l'étude. Vous avez devant vous un initié des Mystères de Delphes et du Grand Arcane, ainsi qu'un conseiller auprès de Son Éminente Sérénité, le prince de Trébizonie. J'ai également reçu l'enseignement du Grand Copte en personne qui m'a appris à invoquer l'esprit des morts, avec, dans une mesure raisonnable, le concours occasionnel des vivants.

— Vous voulez dire que vous n'êtes pas docteur du tout ?

— Ne voyez pas les choses d'une manière si étroite ; je puis vous assurer que j'ai soulagé plus de souffrances grâce à des bains d'eau magnétisée que la plupart des chirurgiens les plus estimés n'y sont jamais parvenus avec leurs lancettes et leurs sangsues. Quant à ceux qui, pour quelque insondable raison, se sont obstinés à rester insensibles à mes traitements, au moins ne leur ai-je pas fait de mal si je ne les ai pas guéris ; on ne saurait en dire autant de vos savants virtuoses de la saignée. »

Le comte plongea la main dans l'une de ses poches.

« Je vois clairement que vous avez en ce moment même un fort mal de tête. Ai-je raison ? »

En fait, Théo avait souffert d'une migraine lancinante tout au long de la matinée et il reconnut que le comte avait vu juste.

« Je n'avais pas besoin de poser la question pour le savoir », répondit Las Bombas en hochant la tête d'un air entendu.

Il ouvrit alors la main, exhibant au creux de sa paume un caillou noir de la taille d'un œuf.

« Cette pierre, mon garçon, vaut plus que son poids en or, expliqua-t-il, il s'agit d'un fragment de la légendaire montagne de la Lune, dans le Kazanastan. Il me suffit de la mettre en contact avec votre front et votre mal de tête disparaîtra. »

A ce moment, Mousquet émit un sifflement qui interrompit le comte. Celui-ci se retourna et jeta un coup d'œil dans la direction que lui indiquait le nain. Théo se raidit. Un escadron de la Cavalerie Royale s'avançait vers eux.

« Il faut fuir ! ordonna Las Bombas, ou plutôt non, cela éveillerait leurs soupçons. Il vaut mieux les prendre de front. Avec un peu d'audace, nous nous en tirerons. »

Il fouilla dans un tas de vêtements et jeta à Théo de quoi se déguiser.

« Passez derrière le carrosse et habillez-vous avec ça. Si on vous pose des questions, vous direz que vous êtes trébizonien.

— Je ne parle pas le trébizonien, fit observer Théo.

— Eux non plus, répliqua le comte, mais peu importe, vous serez un Trébizonien muet. Allez-y, exécution ! et pas un mot. Faites comme je vous dis. »

... un carrosse qu'on avait tiré sur l'herbe du talus.

Théo se précipita derrière le carrosse et passa le costume que Las Bombas lui avait donné : il s'agissait d'une djellaba à rayures qui, à en juger par l'odeur qu'elle dégageait, n'avait pas été lavée depuis des années, et d'un couvre-chef haut et cylindrique orné d'un pompon.

Les cavaliers s'arrêtèrent à hauteur du carrosse. Le capitaine de l'escadron tourna sa monture en direction du véhicule et l'examina d'un œil méfiant. Las Bombas qui était monté à l'intérieur ressortit à ce moment, s'avançant vers l'officier. Il arborait un magnifique uniforme de général à galons dorés, et orné de médailles qui étincelaient sur toute la largeur de sa poitrine.

« Peut-on savoir quel est le problème ? » demanda le comte avec impatience tandis que l'officier se hâtait de mettre pied à terre en portant la main à sa tempe dans un salut impeccable.

« J'ai l'honneur de vous déclarer qu'il n'y en a pas, mon général, répondit le capitaine dont le teint était devenu aussi rouge que l'uniforme de Las Bombas, mes hommes se rendent en garnison et j'ai reçu l'ordre d'ouvrir l'œil au long du chemin. Un criminel qui se prétend apprenti imprimeur a fui la justice...

— Quoi ? Comment ? s'écria le comte, qu'est-ce que vous marmonnez ? Parlez donc plus fort, capitaine ! Et regardez-moi dans les yeux quand vous m'adressez la parole !

— Nous cherchons un fugitif qui a commis des crimes graves, répéta d'un trait le capitaine.

— Eh bien, pourquoi ne m'avez-vous pas dit cela dès le début ? »

Las Bombas fixa l'officier d'un regard furieux.

« En tout cas, vous voyez bien qu'il n'y a personne ici ressemblant à un fugitif. Je suis le général Sambalo, en mission spéciale auprès de la Cour royale.

Théo... découvrit les dents...

— J'ai l'honneur de vous déclarer, mon général, que j'ai vu un individu près de votre carrosse.

— Quoi, c'est de mon serviteur que vous voulez parler ? s'étonna le comte en montrant Théo d'un geste, vous voyez bien qu'il s'agit d'un Trébizonien ; il n'est apprenti de rien du tout, le malheureux n'a même pas l'usage de la parole, il ne sait que grogner. Je lui ai sauvé la vie lors de ma dernière campagne. Depuis, il m'est tout dévoué. »

L'officier observa Théo avec attention.

« C'est une créature fidèle, poursuivit Las Bombas, si tant est qu'on puisse faire confiance à l'un quelconque de ces sauvages. Bien qu'il n'en ait pas l'air à première vue, il est fort comme un taureau ; hélas ! le pauvre garçon a l'esprit complètement dérangé. En temps normal, il est calme et pacifique mais dès qu'il voit des officiers à cheval, il devient fou furieux. Et dans ces cas-là, même moi, je ne parviens plus à le contrôler. »

Entrant dans le jeu du comte, Théo se mit à grogner et découvrit les dents en espérant que sa grimace paraîtrait suffisamment féroce. En fait, il était terrifié, et se sentait en même temps parfaitement idiot.

« Vous auriez dû voir ce qu'il a fait à mon dernier aide de camp, reprit Las Bombas en hochant gravement la tête, ces Trébizoniens sautent directement à la gorge, savez-vous ? »

Le capitaine resta au garde-à-vous mais il n'avait plus qu'une seule idée en tête : prendre le large au plus vite. Le comte, cependant, le regarda d'un œil sévère, sans manifester l'intention de le laisser repartir.

« Avez-vous de l'argent sur vous ? » demanda-t-il.

Le capitaine cligna les yeux.

« Mon général ?

— Si c'est le cas, je vous conseille de le lui donner à l'instant même ; cela le calmera peut-être. Les Trébizoniens considèrent le fait de leur donner de l'argent comme un geste d'amitié. »

L'officier sortit alors de sa tunique une poignée de pièces d'argent ainsi qu'une pièce d'or et jeta le tout en direction de Théo. Las Bombas fit un signe de tête approbateur.

« Voilà qui devrait le retenir, dit-il, mais pas très longtemps pour une somme aussi modeste. Retournez à vos devoirs, je me charge de votre fugitif. Allons, rompez ! »

Le capitaine salua sommairement, se hâta de remonter sur son cheval, puis revint précipitamment vers ses hommes en leur criant de le suivre au galop.

Lorsque l'escadron fut hors de vue, Las Bombas adressa à Théo un sourire de satisfaction.

« Vous faites un superbe Trébizonien, assura-t-il, pendant un moment, j'ai véritablement cru que vous alliez le mordre.

— Et vous avez récolté une pièce d'or dans l'histoire, intervint Mousquet, c'est tout bénéfice.

— Oui, vous avez décidément bien joué, mon garçon, reprit Las Bombas, mais vous l'avez quand même échappé belle. Je dois reconnaître que j'ai moi-même eu chaud. Vous feriez peut-être bien de rester avec nous pendant quelque temps, pour votre propre sécurité ; sans compter qu'après tout, vous pourriez tout aussi bien faire un excellent assistant. Vous auriez dans ce domaine des possibilités illimitées. Quant à votre salaire, nous en reparlerions plus tard.

— Non, merci ; c'est très gentil à vous, mais... »

Théo hésita. A aucun moment jusqu'à présent, il ne s'était imaginé hors de Dorning. Une telle possibilité ne s'était jamais présentée. Mais maintenant qu'Anton était mort et qu'il n'avait plus de foyer, il valait mieux qu'il poursuivît son chemin sur les routes. En son for intérieur, cette perspective le séduisait d'autant plus qu'elle était pour lui entièrement nouvelle.

« Je doute qu'on vous fasse meilleure proposition, dit le comte, c'est une tout autre profession qui s'ouvre devant vous. »

Théo savait que la profession du comte n'était qu'une pure et simple imposture. Las Bombas était un charlatan, et pire, il en tirait fierté. Pourtant, contre toute raison, contre tout ce qu'il avait lu et ce qu'Anton lui avait appris, Théo ne pouvait s'empêcher d'éprouver de la sympathie pour cet escroc.

« D'accord, finit-il par dire, je pars avec vous.

— Magnifique ! s'écria le comte, chargeons nos bagages et en route ! Mousquet vous expliquera ce que vous aurez à faire. »

Dès que les jambes et les bras artificiels, ainsi que le reste de leur équipement, eurent été rangés dans le carrosse, Las Bombas s'engouffra lui-même à l'intérieur et Théo monta rejoindre Mousquet sur le siège du cocher. Le nain claqua la langue, donna un coup de rênes sur la croupe de Friska et lança le carrosse à une allure qui coupa le souffle de Théo. Avec ses courtes jambes qui pointaient devant lui, son chapeau enfoncé jusqu'aux sourcils et ses yeux étincelants, Mousquet avait tout d'un cocher du diable. Théo, pour sa part, le vent sifflant à ses oreilles, se cramponnait à son siège tandis que le carrosse bondissait et bringuebalait sur les bosses et les nids-de-poule. Quelle pouvait bien être leur destination, il n'en avait pas la moindre idée, mais en tout cas, ils s'y rendaient à une vitesse impressionnante. C'est à peine s'il prit conscience que son mal de tête l'avait quitté.

5

Comme à son habitude, Cabbarus, premier ministre du royaume, s'était mis au travail dès l'aube. En cet instant, penché sur son bureau, il examinait une épaisse liasse de documents. L'homme alliait la vertu de l'assiduité à une capacité exceptionnelle de mener à bien les tâches les plus ingrates, et depuis le jour où il avait été élevé du rang de surintendant de la Maison du Roi à celui de chef du gouvernement, il s'était toujours montré désireux et même impatient d'accomplir les besognes que les autres ministres trouvaient volontiers ennuyeuses. De ce fait, Cabbarus avait accès à tout, depuis l'achat des homards pour les cuisines du palais jusqu'aux ordres d'exécution des condamnés à mort. Ses yeux étaient également partout : des yeux couleur d'ardoise qu'il semblait ne jamais ciller et dont le regard donnait à tous ceux sur lesquels il se posait l'impression d'être moins noble que Cabbarus, d'avoir l'esprit moins élevé et de porter un linge qui aurait bien besoin d'être changé.

Les papiers qu'il était en train de lire concernaient les mesures les plus récentes prises contre des pamphlétaires irresponsables et les imprimeurs qui s'étaient mis à leur service. Cabbarus n'avait pas encore reçu les rapports en provenance de villes aussi éloignées que Belvista ou Dorning, mais il les attendait pour bientôt. Dans l'immédiat, les documents qu'il avait en main lui paraissaient satisfaisants.

« Les sujets de Sa Majesté, dit-il, ont besoin d'être guidés avec la plus grande fermeté. Le peuple y aspire sans même se rendre compte de ce à quoi il aspire. Or, ces gribouilleurs de tracts et autres brochures ne font que provoquer des désordres et leur mort, à n'en pas douter, servira une plus noble ambition que leur vie : le bien du royaume. Je ne leur porte aucune animosité personnelle, mais je faillirais à mon devoir en agissant différemment.

Cabbarus quitta alors ses appartements...

Au moins leur sera-t-il épargné l'inutile humiliation d'un procès public. »

Le secrétaire privé du premier ministre, le conseiller Pankratz, émit quelques marmonnements polis et approbateurs, aucune réponse plus détaillée n'étant requise en la matière. Pankratz avait une tête de moins que son maître et des mollets énormes qui menaçaient de faire craquer les bas qu'il portait sous son justaucorps noir. Cabbarus n'éprouvait pas le besoin de cacher sous une perruque ses cheveux gris fer coupés ras et son secrétaire, par conséquent, n'osait pas lui-même en coiffer une. Les courtisans du roi Augustin avaient surnommé Pankratz le bouledogue du premier ministre, et une plaisanterie courait parmi eux selon laquelle pendant que Cabbarus infligeait ses sermons à ses auditeurs, Pankratz leur mordait les chevilles.

L'heure était venue de l'audience du matin entre le roi Augustin et son premier ministre et Cabbarus ordonna à son bouledogue d'enfermer les documents dans une boîte recouverte de cuir rouge. Pankratz trottant sur ses talons, Cabbarus quitta alors ses appartements et traversa la cour en direction des ailes plus récentes du palais. Ces magnifiques édifices avaient été construits sous le règne du grand-père du roi, Augustin II, qu'on avait depuis surnommé : le Grand.

A l'origine, le palais Juliana était une ancienne forteresse dont les épais murs de pierre abritaient un dédale de passages étroits, de cachots et de salles de torture. Et plutôt que d'ordonner la démolition de cette construction historique, Augustin le Grand avait fait édifier tout autour de nouveaux bâtiments. C'était dans l'une des tours de guet que se trouvaient les célèbres cloches de Juliana dont les carillons traduisaient l'humeur de Marianstat, la capitale, comme s'ils eussent été la voix même de la ville. Depuis la mort de la princesse Augusta, le roi Augustin IV avait cependant exigé que les cloches restent muettes à jamais en signe de deuil perpétuel. L'enfant avait tant aimé les entendre que leur son rappelait trop douloureusement au roi le souvenir de sa fille ; il préférait le silence à la mémoire.

La plus grande partie de l'ancienne forteresse servait à entreposer diverses archives ou marchandises et l'on y avait également aménagé les bureaux réservés aux fonctionnaires de rang inférieur. Au temps où il était surintendant, c'était là que Cabbarus avait vécu et travaillé ; en tant que premier ministre, il avait droit à une somptueuse résidence dans la partie moderne du palais, mais il y avait renoncé, conservant son ancien cabinet pour donner un exemple de simplicité et de modestie ; on croit davantage à la vertu lorsqu'elle se mêle d'austérité.

Augustin ne recevait plus ses ministres dans la salle d'audience et Cabbarus se rendit donc directement dans les appartements du roi. Prenant la boîte rouge des mains de son secrétaire, il se fit mener auprès du monarque, tandis que Pankratz restait devant la porte, surveillant de son regard de chien de garde les serviteurs présents dans le grand hall.

Une chaleur étouffante régnait dans les appartements royaux. D'épais rideaux masquaient les fenêtres et bien qu'un printemps précoce eût réchauffé l'atmosphère, des bûches brûlaient dans la cheminée. Cabbarus déposa sa boîte rouge sur une petite table et s'approcha d'Augustin IV. Celui-ci, vêtu d'une robe de chambre, était assis près du feu, dans un fauteuil à dossier haut. C'est à peine s'il remarqua la présence de son premier ministre.

« J'espère que Votre Majesté a bien dormi », dit Cabbarus qui savait fort bien que le roi dormait rarement plus d'une heure d'affilée.

Augustin IV tourna vers lui un regard fiévreux ; le roi n'était pas grand, et depuis la perte de sa fille il s'était encore recroquevillé, comme s'il se fût vidé, ne laissant plus l'habiter que des ombres intérieures. Il ne s'était jamais pardonné d'avoir été un père trop complaisant. S'il n'avait pas montré tant d'indulgence, la tragédie ne se serait pas produite. Mais comme il était trop tard pour reprendre de l'autorité sur sa fille, c'était à Cabbarus qu'il avait confié le soin de reprendre de l'autorité sur son peuple. Et depuis ce temps-là, Augustin n'avait plus qu'un seul souci :

« N'avez-vous pas encore découvert quelqu'un qui ait le vrai don ? demanda le roi, quelqu'un qui puisse appeler l'esprit des morts ? »

Cabbarus réprima un soupir. Il avait espéré que pour une fois, Augustin n'évoquerait pas le sujet.

« Votre Majesté a toujours été déçue, répondit-il.

— Je vous charge précisément de trouver quelqu'un qui ne me décevra pas. Je veux parler à ma fille. Que son esprit vienne à moi, de sa tombe inconnue.

— Sire, reprit Cabbarus, c'est envers les vivants que vous avez des devoirs. »

Cabbarus n'avait pas l'intention de poursuivre cette sempiternelle et lassante conversation, il ne souhaitait pas davantage parler des documents que contenait la boîte rouge. Non, c'était une tout autre question qu'il voulait soulever ce matin-là et il éprouvait en y pensant une félicité qu'il eût jugée indécente s'il ne se fût agi de travailler au bien du royaume.

Augustin lui avait donné l'entrée en matière dont il avait besoin et il se hâta d'aborder le sujet avant que l'attention du roi ne se détachât de lui.

« A la vérité, Sire, les monarques ont des devoirs qui vont au-delà de la tombe. Nous ne sommes tous, à la fin des fins, que cendre et poussière, mais Votre Majesté porte hélas ! un autre fardeau : celui de décider qui lui succédera.

— Il n'y a pas de successeur.

— C'est justement ce sur quoi je voudrais insister, Majesté. La reine Caroline, en tant que votre veuve, pourrait régner à votre place. Mais cela ne ferait que retarder la question sans la résoudre. Votre Majesté se doit de transmettre à quelqu'un ses pouvoirs sacrés.

— Ce n'est plus possible, répondit Augustin en se renfrognant.

— Qu'il me soit permis, reprit Cabbarus, de dire à Votre Majesté : au contraire. Car c'est à la fois possible et urgent. La loi vous donne droit à l'adoption ; il vous suffit pour cela de faire paraître un décret approuvé par la reine Caroline.

— Entendez-vous par là, monsieur le premier ministre, que la reine et moi devrions adopter une fille ?

— Non, pas une fille, répliqua Cabbarus, quelque joie qu'elle pourrait vous apporter. Pas une fille, Majesté, mais plutôt... un fils. Un fils qui n'ait pour seul rêve, pour seul espoir, que de pouvoir approcher la sagesse, la force, l'inspiration de ses glorieux, quoique adoptifs, ancêtres. Un fils qui honorera Votre Majesté aujourd'hui comme demain, lorsque...

— Il faudra me reparler de cela à un autre moment, coupa Augustin IV, pour l'instant, je suis las. Et d'ailleurs, je ne vois pas sur qui pourrait se porter mon choix.

— Sur qui ? s'écria Cabbarus en se laissant tomber à genoux, oh ! Majesté, qu'il me soit permis de vous exprimer enfin le respect, l'affection, l'amour qui ont grandi dans mon cœur de jour en jour, qu'il me soit permis de vous révéler à quel point j'ai rêvé de voir venir le temps glorieux où je pourrais vous appeler "Père" ! »

Le roi mit un bon moment à comprendre ce que lui suggérait son premier ministre. Il se releva alors de son fauteuil en vacillant sur ses jambes.

« Vous ! s'exclama-t-il, à la place de mon enfant morte ? »

Augustin s'efforçait d'échapper à l'étreinte de Cabbarus tandis que ce dernier se cramponnait aux mollets de celui dont il aspirait plus que tout à devenir le fils. Le visage d'Augustin vira au gris. Le roi tendit les mains devant lui, cherchant quelque chose à quoi se retenir, puis tomba sur le sol. Cabbarus saisit aussitôt le poignet du monarque pour lui prendre le pouls. Ce qui l'alarmait n'était pas tant que le malaise de son roi pût être fatal, mais qu'il vînt au mauvais moment. Le pouls battait faiblement. Cabbarus se releva, courut à la porte qu'il ouvrit à la volée et appela à l'aide. Il retourna ensuite devant le corps inanimé d'Augustin IV et resta là à le contempler en se tordant les mains.

Quelques instants plus tard, la reine Caroline entra dans la pièce. Ayant à peine un regard pour Cabbarus, elle s'agenouilla auprès de son mari, déboutonnant sa robe de chambre et sa chemise. Depuis six ans, la reine continuait de porter le deuil, mais tandis que le chagrin avait affaibli le roi, il l'avait pour sa part renforcée. En dépit de son inquiétude, les traits de la souveraine restaient impassibles et lorsque Cabbarus essaya de lui parler, elle l'interrompit d'un geste, puis suivit les serviteurs qui portaient le roi Augustin vers un divan.

« Madame, dit Cabbarus, l'audience avait tout juste commencé et Sa Majesté paraissait en bien meilleure forme qu'au moment où je l'ai quittée hier.

— Sa Majesté, répliqua la reine, se trouve dans une forme encore meilleure lorsque vous n'êtes pas là. »

Le médecin de la cour les avait à présent rejoints et ordonna aux serviteurs ainsi qu'à Pankratz de sortir tous. Le docteur Torrens était encore en manches de chemise. Les traits de son visage, large et dur, étaient adoucis par son épaisse chevelure argentée qu'il ne poudrait jamais et qui était nouée sur sa nuque par un banal ruban de coton.

« Madame, je dois vous demander de vous retirer, dit le médecin, et à vous aussi », ajouta-t-il à l'adresse de Cabbarus.

Cabbarus lança un regard furieux au docteur Torrens. La reine, quant à elle, sortit dans l'antichambre et se laissa tomber dans un fauteuil. A contrecœur, le premier ministre la suivit. La reine ne lui ayant pas donné l'autorisation de s'asseoir, il resta debout au milieu de la pièce, la tête penchée, les mains croisées devant lui. La souveraine et le premier ministre partagèrent ainsi cet espace étroit dans un silence glacé jusqu'à ce que le docteur Torrens réapparaisse.

« Le roi dort, à présent, annonça-t-il à la reine, ce qu'il faut accueillir comme une bénédiction. »

Le médecin acheva de dérouler les manches de sa chemise puis se tourna vers Cabbarus.

« Il a éprouvé un choc très dur, dit-il, or, vous vous trouviez avec lui, monsieur le premier ministre, et vous allez devoir fournir des explications.

— Ce n'est pas ce que j'appellerais un choc, répliqua Cabbarus, son regard ignorant le docteur Torrens pour se fixer sur la reine, je dirais plutôt, Madame, qu'il s'est agi d'un excès de joie. Sa Majesté, en effet, considérait l'heureuse perspective d'adopter un fils qui deviendrait son héritier. Son vœu le plus cher, son choix royal, c'était d'accorder cet immense honneur... »

Cabbarus soupira en écartant les bras.

« ... A moi-même, acheva-t-il. Mon sens du devoir et la dévotion que je porte à Sa Majesté m'ont amené à accepter et le roi, emporté par la joie de l'instant...

— Comment osez-vous vous présenter comme un fils adoptif ! s'écria la reine, une telle question ne peut être examinée qu'en privé, entre le roi et le moi. Vous savez fort bien que c'est le consentement de la reine qui compte avant tout. Or, je puis vous assurer que ce consentement ne sera jamais donné. Et je désire que le docteur Torrens, ici présent, soit témoin de mon refus.

— Que ce soit en privé ou en public, la question de la succession doit être posée, Madame, répondit Cabbarus, le roi est très gravement malade.

— Sans doute, intervint Torrens, pourtant, je peux également vous affirmer que Sa Majesté ne souffre d'aucune maladie au sens physiologique du terme. Son corps s'affaiblit et dépérit, mais c'est un état que l'on pourrait guérir ; j'ai essayé d'obtenir ce résultat et j'y serais peut-être parvenu si des idiots dans votre genre ne s'en étaient mêlés en s'arrangeant pour que le roi néglige les remèdes que je lui conseillais. Sa santé pourrait très bien réagir favorablement à des traitements de bon sens, une nourriture saine, un sommeil régulier, de l'air frais. Son mal le plus grave prend racine dans son esprit.

— Vous êtes en train de prétendre que le roi est

fou ! s'exclama Cabbarus, c'est de la haute trahison ! Vous êtes pire qu'un incapable, vous êtes un traître !

— Je ne suis ni l'un ni l'autre, répliqua le médecin, le roi n'est pas fou. Il est malade de chagrin et paralysé par les reproches qu'il se fait à lui-même. Non, monsieur le premier ministre, je ne suis pas un traître. Je suis un homme qui dit ce qu'il pense et qui fait face aux réalités. »

Le docteur Torrens se tourna vers la reine.

« Ne perdez pas espoir, Madame, dit-il, il se peut qu'avec le temps Sa Majesté guérisse. En attendant, je vous conjure de le détourner des décisions qu'il pourrait regretter, particulièrement en ce qui concerne l'adoption d'un...

— Vous allez trop loin ! l'interrompit Cabbarus, votre fonction consiste à vous occuper de santé et non d'affaires d'État. Le roi doit suivre et suivra les conseils de ses ministres.

— Pardonnez-moi, répondit Torrens, je vous ai traité d'idiot, mais j'ai parlé trop vite. A la réflexion, vous n'êtes pas un idiot, vous êtes plutôt une canaille. Je suis votre serviteur, Madame », ajouta-t-il en s'inclinant devant la reine.

Le docteur Torrens tourna les talons et sortit. La reine Caroline lui emboîta le pas. Cabbarus s'apprêtait à rattraper Torrens pour lui lancer une réplique cinglante, mais il décida finalement de s'abstenir et resta là en silence.

Le premier ministre avait le don de deviner les possibilités qui pouvaient s'offrir à lui sans les comprendre clairement dans l'instant. A chaque fois qu'il s'était fié à cet instinct, il n'avait pu immédiatement en prévoir les conséquences, mais c'était ainsi qu'il s'était élevé jusqu'au rang qui était à présent le sien. Lorsque le moment viendrait, nombreux seraient les membres du Conseil royal à approuver son adoption comme héritier de la couronne. Quant à Torrens, il s'en occuperait. Il songeait déjà à un plan. Le premier ministre était toujours fort satisfait de constater à quel point il savait rester lucide dans les circonstances les plus nébuleuses.

6

Le Cocher du Diable les amena à Kessel ; ils avaient faim, il était tard et ils étaient trempés jusqu'aux os. La réparation faite le matin même n'avait pas tenu jusqu'au soir et la roue du carrosse menaçait à nouveau de se détacher. Pour tout arranger, un orage de printemps avait éclaté, déversant une pluie battante. Mousquet n'en avait pas moins poursuivi son chemin, au risque d'envoyer carrosse et passagers dans un fossé. Assis sur son siège le dos voûté, sifflant entre ses dents, le nain souriait, tel un démon minuscule sous un chapeau démesuré.

La ville de Kessel disposait d'une vaste auberge. A cause de l'orage, cependant, il semblait que tous les voyageurs de la région avaient décidé d'y faire étape. Une odeur d'étoffes mouillées et de mauvaise cuisine régnait dans la grande salle. Las Bombas, suivi de Théo et de Mousquet, se fraya un chemin à coups de coudes en direction de la cheminée et appela l'aubergiste d'une voix tonitruante. Dans son carrosse, le comte avait quitté son uniforme de général pour endosser des vêtements noirs dont la couleur était rehaussée par des poignets blancs.

« Où se trouvent les chambres de Mynheer[1] Bloomsa et de ses serviteurs ? demanda Las Bom-

1. Mynheer : Monsieur en néerlandais.

bas lorsque l'aubergiste eut enfin apparu, je vous ai fait parvenir un message pour les réserver. »

L'aubergiste, ébahi à la vue d'un Cocher du Diable et d'un Trébizonien trempé, déclara qu'il n'avait jamais reçu un tel message. De toute façon, son établissement était plein.

Lorsqu'il fut revenu de sa surprise devant le nouveau rôle que jouait le comte, Théo s'attendit à ce que Las Bombas manifestât hautement son indignation. Mais celui-ci se contenta de soupirer.

« C'est la faute de la poste, vous n'y êtes pour rien, dit-il à l'aubergiste. J'avais retenu votre plus belle suite, mais tant pis, je chercherai ailleurs à me loger. »

En fait, Las Bombas resta là et jeta un coup d'œil aux autres voyageurs. Théo le pressa alors de partir avant qu'il ne soit trop tard pour trouver une autre auberge, mais le comte dédaigna sa suggestion d'un haussement d'épaules.

« Patience, mon garçon, dit-il, je cherche des pigeons. Vous me rendriez bien service en me confiant cette pièce d'or que vous a donnée ce matin le capitaine ; je vous la rendrai plus tard, bien entendu. »

Théo lui tendit la pièce que Las Bombas se hâta de glisser dans sa poche. Entre-temps, son attention s'était portée sur une table à laquelle était assis un petit homme replet vêtu d'une cape ornée de fourrure. Le comte s'avança dans sa direction, puis, passant devant la table, sortit son mouchoir de sa poche en s'arrangeant, dans le même mouvement, pour faire tomber la pièce d'or sur le sol. Las

Bombas fit mine de n'avoir rien remarqué et poursuivit son chemin.

« Monsieur, vous perdez votre argent », s'écria alors l'homme à la cape en ramassant la pièce.

Le comte se retourna et le voyageur qui l'avait rejoint lui rendit la pièce.

« Vous n'auriez pas dû vous donner cette peine, monsieur, dit Las Bombas. C'était sans importance, mais je vous remercie néanmoins.

— Permettez-moi, répondit l'homme à la cape en écarquillant ses yeux humides aux paupières roses, permettez-moi de vous faire une petite remarque : je pourrais difficilement soutenir, quant à moi, que l'or n'a pas d'importance. Je m'appelle Skeit, conseiller municipal et négociant en maïs, et je puis vous assurer, monsieur, que dans mon métier, on connaît la valeur de l'or.

— Oh ! mais moi aussi, j'en connais la valeur, répliqua Las Bombas en jetant un regard d'expert aux vêtements de qualité de son interlocuteur et à la chaîne d'or d'un bon poids qu'il portait au cou, il se trouve simplement qu'à mes yeux, cette valeur est nulle.

— Mon bon Mynheer, s'exclama le conseiller municipal, Bloomsa, n'est-ce pas ? C'est bien le nom qu'il m'a semblé entendre ? Mon bon Mynheer Bloomsa, vous m'étonnez grandement !

— Je n'en doute pas, dit le comte, rayonnant, mais voyez-vous, mon cher monsieur, les pièces d'or ou d'argent ne sont faites que de métal qui, comme toute autre substance, est sujet aux lois naturelles de la transmutation et du métamorphisme. Je suis un homme de science, pas de finance. »

Le comte baissa la voix et se rapprocha de Skeit.

« Mes expériences, poursuivit-il, m'ont amené à découvrir le moyen de créer autant d'or et d'argent que je le souhaite. Aussi, quelle que soit leur valeur pour les autres, ils n'en ont aucune pour moi.

— Mais c'est prodigieux ! s'écria Skeit, mon voyage a été extrêmement fructueux, pourtant, ce n'est rien comparé à l'avantage de rencontrer un homme de votre talent ! Lorsque ma femme entendra ça !

Le nain qui se tenait debout devant lui...

— Puisque vous avez cherché à m'être agréable, reprit Las Bombas, permettez-moi donc de vous inviter à dîner avant que je ne reparte. Il faut encore que je trouve à me loger à cette heure sombre de la nuit.

— Vous n'y pensez pas ! C'est moi qui vais vous inviter à dîner et inutile de vous mettre en quête d'une auberge, j'insiste pour que vous partagiez ma chambre.

— Si tel est votre désir, soit. Mes serviteurs pourront se restaurer aux écuries, tandis qu'ils s'occuperont de mon cheval et de mon carrosse. »

Pendant qu'il parlait, le comte agita la main derrière son dos. Mousquet entraîna aussitôt Théo hors de la grande salle et l'emmena à l'écurie.

« A quoi rimait donc tout ça ? interrogea Théo, alors que le nain lui jetait des chiffons et une brosse pour faire la toilette de Friska, il prépare sans doute une quelconque friponnerie. Cet homme n'a pas la moindre once d'honnêteté. »

Un violent coup de pied projeta Théo dans un tas de paille ; ce n'était pas la jument qui l'avait ainsi frappé, mais le nain qui se tenait debout devant lui, les mains sur les hanches et le regard furieux.

« Faites attention à ce que vous dites la prochaine fois que vous parlerez du comte, lança Mousquet.

— C'est pourtant vrai, non ? s'écria Théo.

— Qu'est-ce que ça change ? Je ne veux rien entendre contre l'homme qui m'a acheté. Combien m'a-t-il payé ? A-t-il escroqué ceux qui m'ont vendu ? Je n'en sais rien et je m'en moque. J'avais la moitié de votre âge, à l'époque. C'était à Napolita. Il m'a acheté dans l'usine à mendiants.

— Dans quoi ?

— L'usine à mendiants, répéta le nain d'un ton joyeux, vous n'en avez sûrement jamais entendu parler dans votre trou perdu, mais vous est-il arrivé de vous demander pourquoi il y a tant de mendiants ? Oh, certes, les pauvres, les estropiés, les boiteux ou les aveugles garantis d'origine ne manquent pas, mais une bonne moitié de ceux qui n'ont plus de nez, des culs-de-jatte et des bossus a été fabriquée sur mesure pour les besoins du commerce. Des enfants sont ainsi achetés ou volés, puis on leur rompt les membres de telle sorte qu'ils ne puissent plus jamais se remettre, on les coupe en morceaux, on les enferme dans de grands pots pour qu'ils deviennent tordus en grandissant puis on les revend à un maître qui empoche toutes les aumônes que les passants leur jettent.

— C'est horrible, ça ne peut pas être vrai ! s'indigna Théo.

— Ça ne peut pas, mais ça l'est, assura Mousquet, moi, j'ai eu de la chance, je suis né comme je suis, on n'a pas eu besoin de me transformer. Et si ce n'était pas le comte qui m'avait acheté, Dieu sait où j'aurais échoué. C'est un filou, sans doute, mais un aimable filou. Tandis que vos nobles seigneurs qui fouettent leurs domestiques ou pressurent leurs métayers, vos juges qui font pendre un quelconque pauvre hère, ceux-là sont des modèles d'honnêteté ; mais à ce compte-là, n'importe quelle canaille peut être honnête.

— Et tout le reste ? demanda Théo, les Lanciers de Salamanque ! le Grand Copte ! La Trébizonie... Je me demande s'il sait même où ça se trouve. Pourquoi faire étalage de toutes ces sornettes ?

— Ce n'est pas mon affaire, répliqua Mousquet, tout ce que je sais, c'est qu'il ne peut supporter le monde tel qu'il est. Et vous ? Vous pouvez ? »

Théo ne répondit pas et se remit à frotter Friska. Il s'était senti plus à l'aise lorsqu'il considérait encore Las Bombas comme un pur et simple vaurien.

Le garçon de l'auberge vint leur apporter à manger. Comme il était trop tard pour réveiller un charron, Mousquet et Théo entreprirent de réparer eux-mêmes la roue du carrosse. Cette fois, le nain jura que la roue tiendrait. Peu après qu'ils eurent terminé, le comte entra en trombe dans l'écurie.

« Maître Skeit est reparti chez lui, annonça-t-il en souriant comme un chat barbouillé de crème, mais il va bientôt revenir pour nous chercher. Nous ferions mieux de filer. »

D'un air triomphant, Las Bombas leva devant son visage un mouchoir noué d'où s'échappa un tintement lorsqu'il le secoua.

« J'ai réalisé une expérience d'alchimie élémentaire, expliqua-t-il. J'ai affirmé à notre ami le conseiller municipal que mes pièces de monnaie possédaient la vertu particulière de multiplier n'importe quelle autre pièce qu'elles touchaient aussi facilement qu'une poule transforme ses œufs en poussins. Il lui suffisait pour s'en rendre compte de mélanger son argent avec le mien dans ce mouchoir et de le laisser couver toute la nuit. Au matin, il aurait triplé sa fortune. Il était enchanté, nous avons déposé l'argent sur la cheminée de sa chambre et nous nous sommes couchés. Les choses ne pouvaient mieux tourner : un peu plus tard, il s'est réveillé, trop énervé pour se rendormir. Il voulait rentrer chez lui avec son trésor, mais je l'ai averti qu'il ne fallait surtout pas défaire le mouchoir avant l'aube, sinon, l'expérience raterait. Je sais cependant qu'il n'attendra pas, il est trop avide pour cela. Et quand il verra ce qu'il a emporté, il reviendra ici sur-le-champ. Car ce que j'ai oublié de lui dire, c'est que pendant qu'il dormait, j'ai noué un autre mouchoir qui ne contenait que des cailloux et je l'ai mis sur la cheminée à la place de l'autre.

— Vous l'avez volé ! s'écria Théo, vous auriez pu tout aussi bien lui coller le canon d'un pistolet sur la tempe.

— Sottise, répliqua Las Bombas, je n'ai pas de pistolet. Mais mon bon ami, en attendant que je remette le docteur Absalon au travail, seul cet argent pourra garnir nos estomacs de quelque nourriture. »

Pouffant de rire, le comte défit le nœud du mouchoir, puis examina son contenu ; il avala alors de travers et se mit à tousser tandis que son visage prenait une teinte marbrée. Il n'y avait dans le mouchoir qu'une poignée de rondelles de plomb.

« Des fausses pièces ! rugit Las Bombas, il a échangé les mouchoirs ! Pourtant... Je ne l'ai pas quitté de l'œil. Je ne suis sorti de la chambre que pour aller chercher des cailloux dans la cour et il était profondément endormi à ce moment-là. Je suis resté dehors une minute tout au plus. Ah ! le misérable ! Il faisait semblant de ronfler ! Voleur ! Comment peut-il oser se faire passer pour un conseiller municipal ! »

Le comte se précipita à la porte de l'écurie et brandit le poing dans la nuit.

« Canaille ! s'écria-t-il, menteur ! Judas ! »

Il se tourna ensuite vers Théo.

« Ah ! mon pauvre garçon, reprit-il, voilà une bonne leçon pour vous. Ne faites jamais confiance à un étranger. Quel est donc ce monde où tant de voleurs courent en liberté ! »

Deuxième partie

La prêtresse de l'Oracle

7

Las Bombas, ainsi que Théo put le constater, ne restait jamais bien longtemps d'humeur chagrine. Lorsque Mousquet eut attelé Friska et que le carrosse fut prêt à partir, l'accès d'indignation du comte avait passé et il était impatient de se mettre en chemin.

« Notre fortune s'est effilochée, dit-il à Théo, mais nous la raccommoderons fil à fil. »

Le Cocher du Diable, mâchonnant le tuyau de sa pipe, dirigea Friska vers l'est en la laissant avancer à l'allure qui lui convenait. Dans l'après-midi, ils arrivèrent en vue d'un bourg que le comte reconnut comme étant la ville de Born. Il ordonna alors à Mousquet de faire halte sur un terrain vague situé en bordure.

« Les fossés sont remplis d'eau, remarqua Las Bombas en promenant son regard sur le sol envahi de mauvaises herbes, nous aurons une bonne quantité d'Élixir du docteur Absalon. Et nous proposerons comme attraction supplémentaire le Lutin dans sa Bouteille.

— Ah ! non, intervint Mousquet, finissons-en avec ça !

— L'effet est saisissant, expliqua le comte à Théo, il s'agit d'une bouteille dans laquelle se trouve une tête qui répond à toutes les questions concernant l'avenir. On obtient ce résultat en asseyant Mousquet sous une table dont le plateau comporte un trou ; il lui suffit d'y passer la tête et l'on pose ensuite par-dessus une bouteille sans fond...

— C'est ça, coupa Mousquet, et la dernière fois, un petit malin a bouché le goulot. J'ai failli étouffer. Alors, maintenant, c'est fini, je ne veux plus en entendre parler. »

Mousquet serra les mâchoires et croisa les bras d'un air décidé. Las Bombas se contenta de hausser les épaules et poursuivit :

« De toute façon, nous aurons le numéro du Malheureux Enfant de la Nature. C'est le complément à l'Élixir du docteur Absalon. Vous serez un sauvage venu des forêts vierges du haut Brésil, annonça le comte à Théo, vous sauterez partout en poussant des cris ou en faisant ce que vous voudrez, puis vous boirez un peu d'élixir — vous n'aurez pas besoin de l'avaler — et vous vous calmerez aussitôt en ayant l'air gai comme un pinson. Vous avez fait un magnifique Trébizonien. Le Malheureux Enfant de la Nature est du même ordre, sauf qu'il faudra vous peindre avec des rayures bleues et jaunes pour avoir l'air d'un vrai sauvage.

— Je ne peux pas peindre mes vêtements, ce sont les seuls que j'aie, fit observer Théo.

— Pas vos vêtements, vous-même, rectifia Las Bombas, les vêtements, vous n'en aurez qu'un minimum. »

Las Bombas sortit de la malle arrière du carrosse un clairon qu'il donna à Mousquet pour que le nain aille annoncer leur arrivée dans la ville. Il prit également quelques pots de peinture et enseigna à Théo — qui, à contrecœur, s'était déshabillé en ne gardant que ses sous-vêtements — l'art de se métamorphoser en un Malheureux Enfant de la Nature. Tandis que le jeune garçon se barbouillait de couleurs, le comte remplit à l'eau d'un fossé un bon nombre de fioles dans lesquelles il ajouta des herbes en poudre qu'il avait en réserve. Il revêtit ensuite une robe miteuse, coiffa une perruque et chaussa une paire de lunettes. Enfin, il attacha quatre baguettes de bois aux coins d'un couvercle de boîte et posa sur cette table improvisée une tête grandeur nature, également en bois.

« C'est une tête phrénologique, expliqua-t-il, elle montre les localisations des humeurs, des dispositions et des traits de caractère dans le cerveau. Pour je ne sais quelle raison, mes patients la trouvent rassurante. Les accessoires scientifiques leur donnent sans doute confiance. »

Mousquet était revenu, soufflant dans son clairon, suivi par une cohorte de badauds et de gamins des rues. Las Bombas entreprit alors de vanter les vertus de l'Élixir du docteur Absalon pendant que Théo faisait de son mieux pour exécuter une danse de guerre du haut Brésil. Mais ni l'un ni l'autre ne purent poursuivre longtemps leurs efforts.

« Bienvenue à toutes les têtes de bois », déclara inopinément la tête phrénologique.

Las Bombas s'interrompit au milieu d'une phrase en s'étranglant à moitié et les cris de guerre de Théo s'éteignirent sur ses lèvres. La voix qui avait soudain retenti venait bien de la tête elle-même.

« Allons, approchez, ne soyez pas timides, reprit la voix, goûtez donc à ce breuvage ; regardez ce qu'il m'a fait : un jour, je m'en suis frictionné les cheveux et depuis, j'ai économisé une fortune en frais de coiffeur. »

Les badauds éclatèrent de rire, persuadés que ces commentaires faisaient partie du spectacle.

« Je vous serais reconnaissant de bien vouloir me laisser poursuivre, dit le comte qui reprit aussitôt son sang-froid en essayant de faire comme s'il s'était attendu à cette intervention, soyez assez aimable pour vous taire, monsieur. Ou madame, l'un ou l'autre, je ne sais. »

La tête phrénologique répondit en émettant un bruit sonore et pétaradant.

« A votre âge, vous êtes encore incapable de faire la différence ? » s'exclama-t-elle.

L'insolence de la tête et l'embarras de Las Bombas déclenchèrent des tempêtes de rire dans l'assistance. Certains spectateurs commencèrent à lancer des pièces de monnaie sur la table, ce qui encouragea la tête à demander s'il y avait des mites dans la perruque du comte ; elle fit également quelques remarques peu flatteuses sur les dimensions de sa panse et sur ses assistants bien trop paresseux pour être utiles à quoi que ce soit. Le public s'esclaffa bruyamment et d'autres pièces volèrent en direction de la table. Lorsqu'il fut évident que les badauds avaient vidé leurs poches, la tête phrénologique annonça qu'elle n'avait plus rien à dire. Las Bombas n'avait pas vendu une seule bouteille d'élixir, mais

« Allons, approchez, ne soyez pas timides... »

ses bénéfices étaient aussi élevés que s'il eût écoulé l'intégralité de son stock.

Après que les spectateurs se furent dispersés, le comte saisit la tête phrénologique, la retourna, la secoua et en frappa la surface de son index recourbé pour essayer d'en sonder l'intérieur.

« Allons, parle ! ordonna-t-il, où est le truc ? »

Pendant ce temps, l'un des enfants qui avaient suivi Mousquet sortit en rampant de sous le carrosse et se releva, observant les trois autres. Théo mit quelque temps à réaliser que ce mélange d'os et de peau constituait en fait une gamine. Elle portait un pantalon en lambeaux retenu par une corde nouée autour de ses hanches squelettiques et une chemise malpropre qui comportait plus de trous que d'étoffe. Sa couleur grise et sale lui donnait l'air d'un moineau des rues ; elle avait un visage étroit au nez en forme de bec, et des yeux bleus qui semblaient tout délavés, comme si la faim eût effacé leur teinte d'origine. Théo n'avait jamais contemplé d'être aussi pitoyable. Le comte, pour sa part, se montra beaucoup moins ému.

« Va-t'en, ordonna-t-il à la gamine, nous sommes en train de mener une investigation scientifique.

— Donnez-lui quelque chose, vous voyez bien qu'elle a faim », intervint Théo.

Sans se soucier de l'approbation du comte, le jeune garçon prit sur la table l'une des pièces laissées par les badauds. La gamine la lui arracha des mains et tendit une paume répugnante de saleté.

« Je veux ma part, dit-elle, sans moi, vous n'auriez pas ramassé le moindre bout de cette ferraille. Pas avec ces gens-là.

— Qu'est-ce que tu racontes ? interrogea Las Bombas, ce serait toi la responsable de toute cette loufoquerie ?

— Allons, crachez la monnaie, répliqua la tête phrénologique, payez-moi comme il faut ou alors je ne dirai plus un mot. »

Le comte resta bouche bée.

« Refais-moi ça, demanda-t-il.

— Vous avez parfaitement entendu ce que j'ai dit. »

Cette fois, la voix était venue de l'intérieur du carrosse. Surpris, Théo se tourna dans cette direction. Las Bombas, lui, n'avait pas quitté des yeux les lèvres de la gamine. Il l'examina attentivement avec une sincère admiration.

« Au cours de mes voyages, je n'ai rencontré que trois personnes qui savaient mieux réussir ce tour, déclara-t-il, qui te l'a enseigné ?

— Personne, je l'ai appris toute seule quand j'étais à la Maison des Filles du Repentir. La directrice nous interdisait de bavarder

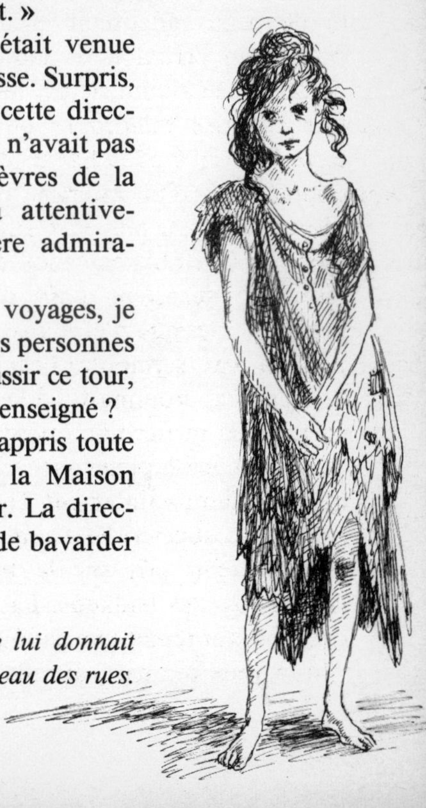

Sa couleur grise et sale lui donnait l'air d'un moineau des rues.

entre nous et je la rendais à moitié folle, avec ça. Elle ne savait jamais qui punir. Elle a dû être contente quand je me suis sauvée.

— Et tu as vécu toute seule dans les rues ? demanda Théo d'un air navré.

— Pendant un moment, j'ai eu un ami qui s'appelait Hanno. C'était un cambrioleur, le meilleur du pays. Il me disait que je pourrais devenir aussi habile que lui ; il m'apprenait le métier, précisa-t-elle avec fierté. Et puis, il a été pendu. »

Le nain avait fini de ramasser les pièces tombées par terre et la gamine le regarda des pieds à la tête.

« Salut, Tom Pouce, lança-t-elle, tu me donnes une bouffée de ta pipe ? »

Le nain sourit et lui posa sa pipe dans la main. La gamine s'assit alors par terre, étendit les jambes, puis, à la grande consternation de Théo, se mit à tirer allégrement de grandes bouffées tout en se grattant abondamment les côtes qui ressortaient sous sa peau, à travers les trous de sa chemise, comme la surface d'une planche à laver.

« Et maintenant, dit-elle, où est le reste de mon argent ? »

Las Bombas ne répondit pas tout de suite. Les yeux fixés dans le vague, il souriait en laissant paraître sur son visage une expression de joie innocente et de franche cupidité.

« Ma chère petite dame, dit-il, quel que soit ton nom...

— On m'appelle Micky, coupa la gamine.

— Eh bien, ma chère Micky, reprit le comte,

étant donné que tu n'as aucune attache, je te conseille vivement de te joindre à nous, car de grandes possibilités s'offrent à toi et tu pourrais gagner des sommes énormes.

— Des sommes ? Est-ce que ça veut dire de l'argent ? demanda Micky.

— Tout l'argent que tu peux désirer. Bien sûr, il faudra attendre un certain temps.

— Tope là ! » s'exclama la gamine en crachant dans sa paume avant de saisir la main du comte.

Théo ne put s'empêcher d'intervenir.

« Pas si vite, dit-il à Las Bombas, vous ne pouvez tout de même pas la ramasser comme un chat errant. Il faut la placer quelque part où on s'occupera d'elle convenablement. Ce serait injuste envers elle de...

— C'est à moi qu'il parlait, pas à toi, l'interrompit Micky, laisse tomber avec tes “ce serait injuste envers elle” et tes “quelque part où on s'occupera d'elle convenablement”. »

La gamine avait prononcé ces dernières paroles avec la voix de Théo. Et bien que plus aiguës, les intonations en étaient parfaitement imitées. Théo, cependant, estima que la parodie n'était guère flatteuse.

Las Bombas, quant à lui, ne se retint pas d'applaudir.

« Magnifique ! s'exclama-t-il, encore un autre don ! Nous en ferons bon usage ! »

Théo ne dit plus rien, sachant qu'il parlerait en pure perte. De plus, il n'avait nullement envie qu'on lui renvoie ses paroles sur le ton de la raillerie. L'imitation de la gamine l'avait vexé. Il préféra se diriger vers le fossé pour laver ses peintures de guerre.

Lorsque le jeune garçon revint auprès des autres, Las Bombas annonça qu'ils ne voyageraient pas plus loin ce jour-là. Mousquet courut à la ville acheter des provisions et Micky, se jetant sur la nourriture, l'engouffra avidement, comme si on l'eût menacée à tout moment de la lui ôter de la bouche. Elle s'essuya ensuite les mains sur son pantalon et se suça les dents d'un air satisfait. A la nuit tombée, Las Bombas déplia l'un des sièges du carrosse, le transformant en lit de camp, et se coucha dessus. Mousquet, lui, se pelotonna sur le siège du cocher tandis que Théo s'étendait sous le carrosse. Micky, pour sa part, s'allongea dans l'herbe, au côté de Friska.

La lune était encore haute lorsqu'un bruit faible et chevrotant, comme la plainte d'un petit animal, réveilla Théo. Il écouta pendant quelques instants. Le gémissement provenait de l'endroit où se trouvaient Friska et la gamine. Théo se glissa hors de l'abri du carrosse et s'avança précautionneusement dans cette direction. La jument agita la queue et s'ébroua doucement. Micky était allongée sur le Coté, un bras replié sous la tête, l'autre tendu sur le sol. Elle ne bougeait pas, mais sanglotait comme si son cœur était sur le point d'éclater.

Inquiet, Théo s'agenouilla.

« Qu'y a-t-il ? » murmura le jeune homme.

La gamine ne répondit rien. Des larmes ruisse-

Micky s'allongea dans l'herbe...

laient sur ses joues. Théo attendit en silence pendant un moment, puis il retourna vers le carrosse. Micky n'avait pas fait le moindre geste. Tandis qu'elle pleurait, elle était restée profondément endormie.

8

Lorsque Théo ouvrit les yeux, Las Bombas était déjà debout et s'affairait avec entrain, vêtu d'un cafetan brodé et coiffé d'un fez rouge.

« Eh bien, vous vous réveillez enfin, dit le comte alors que Théo se levait péniblement, nous avons de grands projets en préparation ; il faudra en parler pendant le petit déjeuner. Je vais ranger les bouteilles d'élixir, je suggère que vous vous chargiez de réveiller notre jeune demoiselle. Je la confie à vos soins. Votre première tâche consistera à lui faire prendre un bain. Elle a un véritable génie, mais elle sent aussi mauvais qu'un renard. »

Micky était toujours étendue dans l'herbe. A deux reprises au cours de la nuit, Théo, s'inquiétant d'elle, était venu la voir ; mais en dehors de son étrange crise de larmes, elle avait dormi aussi paisiblement que maintenant, un demi-sourire errant sur son visage au teint pâle. Hésitant à la sortir de son sommeil, le jeune homme la contempla pendant quelques instants. Il avait le sentiment d'espionner une part secrète de sa vie. Finalement, il la prit par l'épaule et la secoua avec douceur.

« C'est le matin, il faut se lever, murmura-t-il.

— Va-t'en, marmonna Micky, je ne me lève jamais avant midi. »

Théo insista, mais Micky ne consentit enfin à se mettre sur pied qu'en sentant l'odeur des œufs que

Mousquet faisait frire dans une poêle. Tandis qu'elle attaquait son petit déjeuner, le comte entreprit de polir les verres d'une lanterne qu'il posa ensuite à côté de plusieurs grandes vitres rondes.

« Voici les instruments de la gloire et de la fortune, annonça Las Bombas, oh ! certes, nous présenterons à nouveau le numéro de la tête phrénologique, j'ai d'autres idées à ce sujet, mais ce à quoi je pense à présent est encore beaucoup plus spectaculaire. Il s'agit de l'Ondine, une sirène mi-femme, mi-poisson, une fabuleuse créature de la mer, pleine de charme et de séduction. Imaginez un peu : une pièce faiblement éclairée — nous utiliserons la lanterne pour cela — dans laquelle l'Ondine semble flotter à mi-hauteur. J'ai mis au point à cet effet une savante combinaison des miroirs que vous voyez là. C'est dans ce décor que la magnifique enfant des mers s'adresse au public ; or, il se trouve qu'elle sait tout : elle est capable par exemple de révéler tous les mystères de l'avenir. A un tarif coquet, bien entendu. Elle n'aura besoin pour tout costume que d'une queue de poisson. N'importe quelle couturière pourra nous la fabriquer. Voilà mon plan, dit le comte, le visage rayonnant, c'est simple, élégant, et ça ne coûte pas cher. Qu'en dites-vous ?

— Si vous voulez mon avis, répondit Théo, je crois que c'est tout à fait ridicule.

— Mon pauvre garçon ! s'exclama Las Bombas d'un air peiné, comment pouvez-vous...

— Regardez-la, reprit Théo, qui donc voudrait

payer pour voir cette espèce de moineau famélique déguisé en sirène ? »

Théo exprimait là une opinion sincère, mais incomplète ; en réalité, l'idée que Micky puisse être ainsi livrée à la curiosité des spectateurs le mettait étrangement mal à l'aise.

Las Bombas se drapa dans sa dignité offensée.

« Je ne doute pas que vous ayez une meilleure suggestion, dit-il d'un ton pincé.

— Eh bien oui, précisément », affirma Théo.

Il se demanda cependant comment justifier tant d'assurance. S'interrompant quelques instants, il s'efforça de trouver une idée, puis il reprit :

« Vous m'avez parlé l'autre jour de communication avec les esprits, c'est bien cela ?

— Hélas ! ils ne se sont guère montrés coopératifs, reconnut le comte, en d'autres termes, mes tentatives ont échoué.

— A présent, vous pourriez réussir ; il suffit d'attacher des bras et des jambes à la tête phrénologique. Habillez ensuite la gamine d'une robe noire à capuchon et installez-la à une table, devant une bougie allumée. L'esprit apparaît alors — Mousquet et moi, nous nous chargerons de le faire monter et descendre à l'aide de ficelles — et semble parler. Nous savons que Micky est douée pour ça. »

Le comte resta silencieux pendant un bon moment. Enfin, son visage s'illumina, sa moustache frémit et il murmura d'une voix solennelle :

« La prêtresse de l'Oracle. Je la vois très bien, maintenant. Elle sera splendide !

— Nous avons de la peinture et des pinceaux,

ajouta Théo, je peux faire une pancarte pour l'annoncer. »

Las Bombas adressa un sourire admiratif au jeune homme.

« Mon garçon, je suis fier de toi, dit-il en le tutoyant soudain, tu as l'étoffe d'un charlatan de premier ordre. »

Le comte alla aussitôt chercher dans ses malles d'accessoires une feuille de carton qu'il confia à Théo en lui commandant de se mettre immédiatement au travail.

Rassemblant son matériel de dessin, Théo s'assit sur le sol, un peu plus loin, et entreprit de tracer les lettres en regrettant qu'Anton lui ait enseigné ce talent. Ses efforts pour empêcher Las Bombas de donner Micky en spectacle n'avaient abouti qu'à lui suggérer une supercherie encore plus douteuse. Les compliments du comte accentuaient son sentiment de malaise et il se demanda si véritablement, sa nature profonde était celle d'un charlatan. Déjà, il avait appris peu de temps auparavant qu'il aurait pu devenir un assassin.

Micky avait tourné autour de lui en s'approchant de plus en plus jusqu'à ce qu'elle pût regarder pardessus son épaule ce qu'il écrivait.

« Qu'est-ce que ça veut dire ? » interrogea-t-elle.

S'étant mis de lui-même dans cette situation inconfortable, Théo ne se sentait guère enclin à l'amabilité, particulièrement à l'égard de la gamine.

« Ça me paraît clair, non ? » répliqua-t-il.

Micky hocha la tête.

« Je ne connais pas les lettres.

« On va commencer par les lettres capitales. »

— Tu ne sais pas écrire ? demanda le jeune homme en posant son pinceau. Tu ne sais même pas lire ?

— J'aurais bien voulu, mais personne ne m'a appris. Hanno disait que c'était une perte de temps pour un cambrioleur. Et dans la pension où j'étais, on nous donnait des flocons d'avoine en nous obligeant à nous repentir, mais on ne nous apprenait rien du tout.

— Tes parents ne t'ont rien enseigné ?

— Ils ne pouvaient pas.

— Ils ne savaient pas lire ni écrire ?

— Je ne sais pas. Ils étaient morts. Je ne me souviens même pas d'eux. J'ai vécu avec mon grand-père jusqu'à ce qu'il meure lui aussi. Maintenant, il est trop tard pour apprendre.

— Pas du tout ; c'est très facile. »

Théo oublia qu'il était censé être de mauvaise humeur.

« Je pourrais te montrer comment faire, proposa-t-il. Et même dès maintenant, si tu veux. »

Micky approuva d'un signe de tête. Théo posa alors son carton sur le sol et prit une feuille de papier. La gamine s'accroupit à côté de lui, les yeux grands ouverts.

« On va commencer par les lettres capitales, annonça Théo en traçant des traits avec son pinceau, regarde, voici la première : A.

— J'en ai entendu parler, dit Micky, c'est comme ça qu'on l'écrit ?

— Oui, et rappelle-toi : A est la première lettre d'*abricot*.

— Quoi ? s'exclama Micky, ça n'a pas du tout l'air d'un abricot !

— C'est le son qui compte. Si tu préfères, c'est aussi la première lettre d'*arbalète*.

— J'aime mieux ça, c'est plus ressemblant.

— Ensuite vient le B, comme dans *bateau* ; pense au vent qui gonfle les voiles. Et maintenant, le C...

— Combien y en a-t-il comme ça ? s'impatienta Micky, dis-moi seulement les meilleures.

— Il faut que tu les connaisses toutes, vingt-six en tout. »

La gamine émit un sifflement.

« Tant que ça ? s'étonna-t-elle, je n'aurai pas à les utiliser toutes en même temps, j'espère ?

— Bien sûr que non, mais quand on doit écrire un mot, il faut le faire lettre par lettre.

— Ça prend du temps. Je connais quelque chose de bien plus rapide. »

Micky fit alors de petits gestes vifs avec ses doigts.

« C'était comme ça qu'on parlait, avec mon grand-père. Il était sourd et muet. Je m'étais entraînée à le faire encore mieux quand je me suis sauvée. A l'orphelinat, je l'ai appris aux autres filles. La directrice ne savait pas qu'on s'en servait pour parler entre nous. Elle croyait simplement qu'on remuait les mains sans raison. Ensuite, avec Hanno, on a inventé toutes sortes de signaux. Par exemple, quand on levait un doigt, comme ça, ça voulait dire "attention, quelqu'un vient". Chez les cambrioleurs, c'est utile de pouvoir se parler sans faire de bruit.

— Tu m'apprendras ?
— Pourquoi ? Tu veux devenir cambrioleur ?
— J'aime bien apprendre des choses, c'est tout. Je te propose un marché : tu m'enseignes le langage des mains et moi je t'apprends les chiffres et les lettres.
— D'accord, dit Micky, mais il faudra me les montrer toutes, les vingt-six. Et tous les chiffres aussi. »
La peinture commençait à sécher. Théo promit de poursuivre la leçon dès qu'il aurait terminé et se remit au travail. Micky resta assise à côté de lui en observant attentivement ce qu'il faisait.
Au bout d'un moment, le jeune homme se tourna vers elle et lui demanda d'une voix douce :
« Tu vas mieux, maintenant ? »
La gamine fronça les sourcils.
« Qu'est-ce que tu veux dire ?
— Tu as pleuré la nuit dernière.
— Pas vrai ! Je n'ai jamais pleuré de ma vie. Même pas quand mon grand-père est mort, ni quand la directrice m'a fouettée, ni quand Hanno...
— Je t'ai entendue, l'interrompit Théo, et je t'ai vue. Tu as sans doute eu un cauchemar. »
La gamine eut un mouvement de recul et se releva d'un bond. Sans répondre, elle se précipita vers le carrosse. Théo l'appela mais elle ne lui prêta aucune attention. Las Bombas vint alors le presser d'achever son travail pour qu'ils puissent se remettre en chemin. La main de Théo tremblait, et il fit une tache en dessinant l'une des lettres.

9

Cabbarus était heureux. Vaquant à ses occupations, il arpentait les couloirs du palais Juliana, la tête penchée en avant, les coins de sa bouche affaissés. A la suite de l'évanouissement de Sa Majesté, le premier ministre avait connu quelques moments d'inquiétude. Si, en effet, la perspective d'adopter Cabbarus pour fils avait suffi à provoquer une attaque, Augustin, après avoir récupéré, aurait pu décider de le révoquer aussitôt. Or, au contraire, le roi avait plus que jamais besoin de lui et refusait d'entendre aucun autre conseiller. Cabbarus était donc heureux, mais, par principe, il s'efforçait toujours d'afficher une admirable gravité. Seul Pankratz comprenait que le froncement maussade de ses sourcils et cet air de lugubre agressivité indiquaient chez son maître la meilleure humeur du monde.

La situation qu'il avait souhaitée était survenue très simplement. Le docteur Torrens avait refusé de saigner le roi, de le purger, de lui appliquer des cataplasmes ou de lui prescrire des potions et, à la grande consternation du premier ministre, la santé d'Augustin s'était améliorée.

Torrens admettait cependant que seule la santé de son corps était en progrès ; le roi, en effet, consacrait son énergie nouvelle à poursuivre sa vieille obsession. Cabbarus n'avait nullement l'intention de l'en détourner et, au lieu de le mettre en garde contre les déceptions qui l'attendaient, il lui amenait un nombre croissant d'occultistes et de spirites dont chacun avait mis au point une méthode différente de communication avec les disparus. Le seul point commun qui unissait ces charlatans se résumait en un mot : l'échec ; et chaque espoir déçu prenait son tribut sur la santé d'Augustin, détruisant les efforts méritoires du médecin de la cour.

Le docteur Torrens était furieux et suppliait le roi de renoncer à cette quête ruineuse et dérisoire. Cabbarus, bien sûr, prenait, lui, le parti d'Augustin ; en accédant aux désirs de son souverain, il ne faisait que son devoir sacré et provoquait ainsi des dissensions chaque jour plus vives entre le roi et son médecin.

L'orage éclata plus tôt que Cabbarus ne l'avait espéré, à la suite d'une audience accordée par le monarquc au dernier nécromancien en date, un petit homme chauve aux lunettes teintées. C'était encore une fois un charlatan, bien qu'il crût fermement en la réalité de ses prétendus pouvoirs. Consterné de n'avoir pas réussi à faire venir le moindre esprit, il avait quitté le palais en laissant Augustin au bord d'une deuxième attaque.

Dans l'heure suivante, le docteur Torrens eut vent de cette nouvelle folie et fit irruption dans les appartements du roi sans y avoir été convoqué, ni même annoncé. Pâle et tremblant, le souverain était affalé dans un fauteuil. Cabbarus, présent à ses côtés, se leva d'un bond pour protéger le patient de son médecin.

« Vous n'avez rien à faire ici, déclara le premier ministre en empêchant un docteur Torrens furieux de s'avancer, Sa Majesté est souffrante. »

Torrens s'adressa alors directement au monarque sans aucune précaution oratoire.

« Sire, dit-il, je vous ai averti des dangers que vous couriez en ayant affaire à ces imposteurs. En tant que votre médecin, j'insiste sur...

— Vous n'insisterez sur rien du tout, l'interrompit Cabbarus, la sensibilité si délicate d'un père endeuillé, d'un père royal, en vérité, ne relève pas de votre compétence.

— Le chagrin n'est pas le privilège des rois, répliqua Torrens sans prêter attention au premier ministre, nous y avons tous droit. Mais cette fois-ci, c'en est assez. Votre Majesté allait mieux, je ne veux pas que mon travail soit détruit par des charlataneries.

— Si votre travail peut être aussi aisément détruit, dit Cabbarus, c'est que vos méthodes sont inefficaces, docteur. Sa Majesté a été déçue pour une simple raison : il n'y a pas eu d'incitations suffisantes pour attirer ceux qui possèdent le véritable don. C'est pourquoi nous nous sommes mis d'accord — n'est-ce pas, Majesté ? — pour offrir une somme d'argent plus substantielle aux futurs candidats. Celui qui permettra à Sa Majesté de communiquer avec la défunte princesse recevra la plus haute récompense.

— Excellent appât ! lança Torrens avec ironie,

tous les filous du royaume viendront y mordre. Et plus élevée sera la somme, plus retors sera le filou. Vous êtes mieux placé que personne pour le savoir, monsieur le premier ministre. Sire, avez-vous véritablement donné votre accord pour cela ? »

Le roi Augustin remua les lèvres mais il parla d'une voix trop faible pour être entendu.

« Sa Majesté dit qu'elle approuve entièrement, déclara Cabbarus, et que, par ailleurs, elle ne désire plus s'entretenir avec vous. »

Le docteur Torrens n'avait pas la réputation d'épargner à quiconque son franc-parler, pourtant, il s'adressa au roi avec une douceur qui lui était peu coutumière :

« Majesté, dit-il, personne ne sait ce qui nous attend au-delà de la tombe. Je puis simplement vous assurer ceci : la mort m'est assez familière, je l'ai plus fréquentée que je ne l'aurais souhaité ; maladie, accident, les formes qu'elle prend sont différentes, mais le résultat est toujours le même ; qu'y a-t-il après ? C'est un mystère. La mort est un fait. Pardonnez-moi, Sire, si je vous fais mal en parlant ainsi, mais la princesse est morte et si vous n'acceptez pas ce simple fait, vous deviendrez la proie de tous les faux espoirs. »

L'angoisse déforma les traits d'Augustin.

« Non ! s'écria-t-il, elle reviendra !

— Majesté, reprit Torrens, il est de mon devoir de vous interdire toute autre tentative dans ces inutiles...

— Vous n'interdirez rien du tout ! coupa Cabbarus, comment osez-vous vous dresser entre un père et sa fille ?

— Au nom du Ciel, Cabbarus, je ferai tout ce qui est en mon pouvoir pour mettre fin à cette folie ! s'exclama Torrens.

— Votre Grandeur, entendez-vous cet individu ? » demanda Cabbarus au roi.

Le premier ministre avait fait un pas en arrière, comme sous l'effet de l'indignation.

« Il avoue enfin la vérité, poursuivit-il, c'est contre vous qu'il travaille ! Un sujet loyal ne chercherait qu'à vous réunir avec la princesse, ne fût-ce que pour quelques instants. Que faut-il penser, dans ce cas, de celui qui souhaite tout le contraire ? »

Cabbarus tendit un index accusateur vers le médecin de la cour.

« Vous êtes allé trop loin, tonna-t-il, vous êtes renvoyé du palais de Sa Majesté. Vous êtes banni du royaume. Si vous y revenez, vous serez passible de la peine de mort. Et soyez heureux que votre châtiment soit si léger.

— C'est vous qui parlez, et non le roi, répliqua Torrens, vous avez fait de votre mieux pour qu'il ne soit plus qu'une marionnette entre vos mains et vous n'avez que trop bien réussi. »

Le médecin de la cour était un homme vigoureux aux bras et aux épaules de paysan et il ne lui fut pas difficile d'écarter Cabbarus d'un geste. Il mit ensuite un genou à terre et s'adressa ainsi à Augustin :

« Je vous supplie, Sire, de m'écouter. Vous risquez votre vie et votre raison pour rien. Ce coquin se prétend votre interprète, mais c'est à vous-même de parler. »

Les lèvres d'Augustin tremblèrent mais ce qu'il disait fut clairement audible.

« Nous vous bannissons, murmura-t-il, revenez dans ce royaume et c'est la mort pour vous. Telle est notre royale volonté. »

Torrens eut un mouvement de recul comme si le roi l'avait frappé. Cabbarus croisa les bras.

« Il me semble, docteur Torrens, que vous avez obtenu votre réponse », dit-il.

Ainsi que le premier ministre se plaisait à l'observer, il existe pour chaque homme une corde pour le pendre et le médecin avait trouvé la sienne sans qu'il fût nécessaire de l'y aider beaucoup. Les choses, en effet, s'étaient passées plus facilement que Cabbarus ne l'aurait cru.

De retour dans ses appartements, le docteur Torrens achevait d'emballer quelques instruments de chirurgie en même temps que les affaires personnelles qu'il s'apprêtait à emporter avec lui. Entendant une porte s'ouvrir, il se retourna : c'était la reine Caroline.

Le médecin fut surpris de la voir chez lui, mais il fut surtout inquiet de remarquer à quel point elle semblait désemparée. Il n'entrait pas dans les habitudes de la reine d'afficher aussi clairement ses émotions ; pourtant, quelque effort qu'elle fît, elle ne parvenait pas à empêcher ses mains de trembler.

Le docteur Torrens s'inclina et adressa à la souveraine un sourire navré, comme pour s'excuser du désordre qui régnait dans la pièce.

« Ainsi que vous pouvez le constater, Madame, dit le médecin, je me vois contraint de supporter les inconvénients d'un départ précipité. Le premier ministre a d'ores et déjà fait préparer un décret d'exécution me concernant. Il a la satisfaction de me savoir réduit à l'exil, je ne veux pas lui donner le plaisir d'assister à ma pendaison.

— Je craignais que vous n'ayez à quitter le palais, répondit la reine, c'est tout à fait indigne, même un criminel de droit commun dispose de plus de temps pour mettre ses affaires en ordre. »

Torrens éclata de rire.

« Aux yeux de Cabbarus, je suis un criminel qui n'a rien de commun, déclara-t-il, j'ai dit la vérité à Sa Majesté, mais je ne serais pas parti sans avoir pris congé de vous et vous avoir donné ma propre version des faits. Cabbarus, quant à lui, ne manquera pas de faire largement connaître son point de vue.

— Il s'y est déjà employé, et, bien sûr, je ne l'ai pas cru. Je suis aussitôt allée voir le roi qui a refusé de me recevoir. Il m'était donc impossible de vous venir en aide. Ainsi donc, Sa Majesté va perdre son allié le plus solide.

— Pas tout à fait.

— Comment pourrait-il en être autrement ? La plupart des ministres font ce que Cabbarus leur ordonne et les autres se taisent. Dès que vous partirez, la seule force du roi s'en ira avec vous. Cabbarus a été habile à mener son jeu.

— Un fripon n'est pas plus habile qu'un honnête homme, il ne fait que travailler davantage pour arriver à ses fins. Mais Cabbarus n'a pas encore complètement gagné la partie. »

La reine posa sur lui un regard interrogateur.

« Mes bagages seront bientôt acheminés jusqu'au port, poursuivit le médecin ; j'ai ordonné qu'on m'indique quels sont les vaisseaux prêts à appareiller ; plus lointaine sera leur destination, mieux cela vaudra.

— Faut-il donc que votre exil soit si reculé ? Il existe des royaumes plus proches où vous seriez en sécurité.

— Je parle de mes bagages, pas de moi-même. Car je n'ai nullement l'intention de quitter le pays d'Occiterre. J'essaierai de vous faire parvenir de mes nouvelles aussi souvent que je le pourrai. Ce ne sera sans doute pas toujours possible. Si vous n'entendez pas parler de moi, imaginez le meilleur. Ou le pire. Mais dans l'un ou l'autre cas, ne perdez pas courage. Votre Majesté et vous-même disposez d'un autre allié dont je ferai mon possible pour qu'il se tienne prêt à vous soutenir. A terme, il se révélera certainement le plus puissant de tous. Je veux parler, Madame, du peuple d'Occiterre.

— Nos sujets ? Mais comment...

— J'ai dit « le peuple », Madame, coupa le médecin. Ce sont vos sujets par l'affection et la loyauté, mais ils forment un peuple de plein droit, et je suis convaincu que la plupart d'entre eux savent que c'est Cabbarus et non la monarchie qu'on doit tenir pour responsable des injustices, des châtiments arbitraires et plus généralement de l'état d'abandon du royaume. J'espère trouver et rassembler tous ceux qui voudront se ranger à vos côtés contre lui.

— Vous attendez beaucoup des gens du commun, fit remarquer la reine.

— En effet, répondit Torrens, car je suis l'un d'eux », ajouta-t-il avec un sourire.

Il était près de minuit lorsque le docteur Torrens eut terminé ses préparatifs et que le chariot qu'il avait commandé arriva pour emporter ses bagages jusqu'aux quais d'embarquement. Lui-même s'y rendit dans un carrosse découvert précédant le chariot et dont toutes les lanternes étaient allumées. Il avait ordonné au cocher d'une voix forte de le mener au port, en ne gardant à la main qu'un petit sac de voyage. Il s'était ainsi résigné à sacrifier ses autres possessions.

Arrivé sur les quais, il entra dans une taverne de marins où il avait rendez-vous avec le capitaine d'un navire marchand en partance pour la haute mer ; il conclut avec ce dernier un marché pour être embarqué comme passager et paya au vu de tous une somme d'or en ordonnant que ses bagages soient immédiatement montés à bord. Il demanda ensuite des précisions sur les marées, l'heure à laquelle le vaisseau appareillerait et la durée du voyage. Enfin, il insista pour qu'on veille à lui donner une cabine confortable, en se gardant bien d'ajouter qu'il n'avait pas la moindre intention d'en faire usage.

Ayant ainsi réglé l'affaire de telle sorte que tous les clients présents l'aient entendu, le docteur Torrens s'installa à une table et commanda une bouteille de vin. Il en but à peine un verre puis annonça à l'aubergiste qu'il s'absentait pour un instant en lui demandant de surveiller sa bouteille dont il finirait de s'occuper à son retour.

Il quitta ensuite la taverne et marcha à grands pas le long des docks. Il avait maintenant réussi à repérer l'espion que Cabbarus — comme il s'en était douté — avait envoyé à ses trousses : c'était un marin vêtu d'un pantalon de grosse toile et d'une veste malpropre. Son allure générale ne le distinguait pas des autres marins, mais il était le seul dans la taverne à n'avoir aucune trace de goudron ou de saleté sous les ongles.

L'intention du médecin n'était pas d'échapper au regard de l'espion, mais bien au contraire de s'assurer que l'homme surveillait chacun de ses faits et gestes. Bien entendu, l'envoyé de Cabbarus ne le quitterait pas des yeux tant qu'il ne serait pas monté à bord du navire, mais juste avant de poser le pied sur la passerelle d'embarquement, Torrens ferait semblant d'avoir oublié sa bouteille à la taverne. Il retournerait alors sur le quai, puis se perdrait soudain dans l'une des ruelles du port. Avec un peu de chance, il parviendrait à prendre un peu d'avance avant que l'espion ne s'aperçoive de sa disparition. Dans l'immédiat, Torrens cherchait une ruelle dépourvue d'éclairage qui pourrait tout à l'heure lui offrir un bon abri.

Le marin le suivait d'un peu trop près ; s'il comptait passer inaperçu, il manquait singulièrement d'habileté. Torrens s'efforçait de son mieux de faire semblant de ne pas le voir, mais l'homme était sur ses talons et le médecin dut s'arrêter ; il n'avait plus à présent d'autre choix que de lui faire face. L'homme tenait un couteau à la main et le docteur Torrens s'aperçut trop tard qu'il avait commis une faute dont il ne s'était jamais rendu coupable dans la pratique de son métier : il avait négligé l'évidence. Il s'était attendu à ce qu'on lui envoie un espion, mais n'avait jamais pensé avoir affaire à un assassin.

10

Las Bombas et sa troupe atteignirent la ville de Felden vers le milieu de l'après-midi. Le comte estimait que l'endroit leur conviendrait à merveille.

« C'est assez grand pour qu'on y trouve de bonnes gens aux poches pleines et suffisamment petit pour qu'ils ne soient pas trop critiques. Ici, la prêtresse de l'Oracle va pouvoir s'entraîner tout à loisir et nous partirons ensuite vers des lieux plus propices à la gloire et à la fortune. »

Las Bombas avait épinglé sur son uniforme bon nombre de médailles et de décorations qu'il était impossible d'identifier mais dont on ne pouvait douter qu'elles fussent le signe d'un grand mérite. Ainsi paré de ses ornements, il pénétra d'un pas décidé dans le plus grand hôtel de la ville et y demanda la meilleure suite. Le patron de l'établissement, ébloui et flatté, n'osa pas soulever la question d'un éventuel paiement d'avance et se hâta plutôt de montrer au comte l'appartement le plus élégant qu'il pût lui offrir. L'endroit se trouvait au premier étage et avait été occupé auparavant par un maître de danse. Le grand salon, spacieux et haut de plafond, séduisit aussitôt Las Bombas et il loua la suite sur-le-champ.

Après que Friska eut été confortablement installée à l'écurie, le comte accompagné de Mousquet parcourut la ville pour chercher le meilleur emplacement où installer la pancarte annonçant la présence de la grande prêtresse. Théo, quant à lui, était resté à l'hôtel en compagnie de Micky et s'était chargé de déballer puis de ranger les effets du comte. Jamais il n'avait mis les pieds dans un appartement aussi luxueux et Micky non plus, il en était convaincu. Pourtant, la gamine se contenta de jeter un coup d'œil autour d'elle en déclarant que Hanno n'aurait sûrement pas trouvé grand-chose ici qui valût la peine d'être volé.

Ayant fait ce commentaire définitif, elle jugea inutile d'explorer les lieux plus avant et se laissa tomber sur le sofa en posant les pieds sur une table

Il décida de faire d'elle un rapide portrait...

basse. Lorsqu'ils étaient arrivés en vue de Felden, Théo avait persuadé Micky de faire un effort au moins symbolique pour se laver dans l'eau d'un ruisseau et.Las Bombas lui avait donné le costume de Trébizonien, qui lui allait à peine mieux qu'au jeune homme.

La gamine n'avait guère adressé la parole à Théo depuis qu'ils avaient quitté Born. Il ignorait pourquoi, mais il en éprouvait de la peine et de l'agacement tout à la fois. Pour passer le temps, il fouilla dans les affaires du comte et y trouva du papier blanc et un fusain. Il s'approcha alors de la fenêtre avec l'intention de dessiner la place du Marché pour son seul amusement. Mais son attention s'égarait et son regard se tournait sans cesse vers Micky. Aussi décida-t-il plutôt de faire d'elle un rapide portrait ; or, bien qu'il eût appris à dessiner aussi vite qu'il traçait des lettres, plus il étudiait le visage de la gamine et plus il éprouvait de difficulté à le rendre sous son fusain. Déchirant le papier, il recommença depuis le début. Micky fit cependant échouer cette nouvelle tentative en se levant d'un bond du sofa. Pour quelque mystérieuse raison, elle avait décidé jusqu'à maintenant de ne pas lui prêter attention, mais sa curiosité cette fois l'emporta.

« C'est censé être moi, ça ? demanda-t-elle avec une grimace en regardant par-dessus l'épaule de Théo.

— C'est censé, en effet, mais c'est raté. »

Théo se sentit rougir sans pouvoir se contrôler.

« Je n'arrive pas à te faire jolie...

— Je ne t'ai rien demandé, coupa Micky en rejetant la tête en arrière.

— C'est beaucoup plus compliqué que ça, dit Théo, parfois tu as l'air d'un petit oiseau effarouché et l'instant d'après on dirait que c'est toi qui va remplacer Cabbarus. Tu m'as dit que tu n'avais pas pleuré quand ton ami a été pendu, mais tu pleures pendant ton sommeil et tu ne t'en souviens plus ensuite. Il est des moments où l'on te donnerait le Bon Dieu sans confession et d'autres où tu jures comme un soudard et où tu fumes comme une cheminée. Enfin, le comte dit que tu es un génie, mais tu ne sais ni lire ni écrire. Alors voilà, je ne peux pas exprimer tout cela sur du papier. J'ignore qui tu es vraiment.

— Eh bien, moi non plus, je ne sais pas qui tu es, répondit Micky en souriant enfin, le comte est une canaille, ça, c'est clair comme de l'eau de roche, Tom Pouce est un brave garçon mais toi, je ne sais pas comment tu as bien pu te retrouver avec eux. »

Théo hésita. Il eut soudain envie de raconter à la gamine tout ce qui lui était arrivé, mais en même temps il éprouvait une égale réticence à lui révéler quoi que ce fût. Avant qu'il ait pu décider quelle tendance suivre, le livreur de l'épicier entra dans l'appartement en traînant un énorme panier de victuailles ; quelques instants plus tard, le marchand de vin arriva à son tour les bras chargés de bouteilles ; enfin, Las Bombas lui-même apparut à la tête d'une cohorte de tailleurs, de barbiers, de couturières et de charpentiers.

Sans avoir eu le temps de comprendre ce qui

arrivait, Théo se retrouva enveloppé de pièces d'étoffe, tandis qu'on lui prenait ses mesures à coups de craie et d'épingles pour ajuster à sa taille des gilets, des redingotes et des pantalons. Micky pour sa part avait disparu dans un nuage de dentelle et des tourbillons de satin. Théo ne voyait pas Mousquet mais sa voix dominait le brouhaha, donnant des ordres aux charpentiers qui s'étaient également mis au travail.

« Comment avez-vous réussi à obtenir tout cela ? demanda à Las Bombas le jeune homme stupéfait, comment avez-vous fait pour payer ? »

Le comte était aux mains de deux barbiers qui essayaient de le raser et de le poudrer.

« C'est un miracle, mon garçon, répondit-il le visage rayonnant, le miracle du crédit. Plus on a de dettes envers ces gens-là et mieux ils s'occupent de nous. »

A la nuit tombée, après que les charpentiers eurent dressé au fond du salon une estrade surmontée d'un cadre de bois, le patron de l'hôtel et sa femme vinrent apporter un gigantesque souper. Las Bombas, après chaque plat, porta un toast à leur bonne fortune, présente et à venir. Théo, épuisé et repu, fut heureux de goûter le luxe d'avoir un lit à lui dans une chambre à lui, tandis que Micky, restée à table, s'assurait qu'on n'avait rien laissé dans les assiettes.

Trop fatigué pour savourer pleinement la douceur de ses oreillers et de son matelas de plume, Théo y tomba comme une masse. Il ignorait depuis combien

Son visage blême ruisselait de sueur...

de temps il s'était endormi lorsqu'un hurlement vint l'arracher à son sommeil.

Il se redressa aussitôt. La tête lui tournait. Son corps avait réagi avant qu'il n'ait eu le temps de reprendre ses esprits. Quand il comprit enfin que le cri était venu de la chambre de Micky, il bondit hors du lit et se précipita vers la porte de séparation.

La flamme d'une chandelle vacillait sur la table de nuit et Micky était accroupie au milieu d'un entassement de draps et de couvertures. Son visage blême ruisselait de sueur et ses yeux grands ouverts au regard fixe n'exprimaient plus que de la terreur. Théo ne fut même pas certain qu'elle le reconnût. Il courut vers elle. La gamine se jeta à son cou. Il la berça comme un enfant en caressant ses cheveux emmêlés et sentit que son front et ses joues étaient glacés.

« Ce n'est rien, dit-il, tu as encore eu un cauchemar, mais c'est fini.

— J'étais en train de me noyer, j'avais la tête sous l'eau et je m'enfonçais ; je ne pouvais plus respirer », dit Micky d'une voix haletante.

Ce fut à cet instant seulement que Théo s'aperçut de la présence de Las Bombas et de Mousquet qui se tenaient à présent derrière lui. Le comte, son bonnet de nuit de travers, ordonna au nain d'aller chercher un verre de vin, puis il observa la gamine d'un air anxieux.

« Tu te sentiras mieux dans un instant, assura-t-il, un cauchemar, hein ? Tu as trop mangé, c'est tout. »

Il s'assit à côté d'elle en riant de bon cœur mais adressa malgré tout un bref regard inquiet à Théo.

« Tu étais en train de te noyer, dis-tu ? reprit le comte, dans ce cas, aucun souci à te faire, personne, à ma connaissance, ne s'est jamais noyé dans un lit. »

Micky but à petites gorgées le vin que Mousquet lui apporta, puis elle renifla et s'essuya le nez du dos de la main. Ses joues avaient retrouvé des couleurs. Enfin, elle sourit et un peu plus tard, elle lançait quelques remarques insolentes à propos du bonnet de nuit du comte, plaisantait avec Mousquet et imitait la voix de Théo.

Pourtant, lorsque Las Bombas et Mousquet eurent regagné leurs chambres, Théo sentit qu'elle avait encore peur et il resta auprès d'elle en attendant qu'elle se rendorme. Il veilla ainsi sur elle tout au long de la nuit. Le sommeil de Micky fut paisible.

Le lendemain, elle se montra polie et peu loquace, ce qui inquiéta d'autant plus Théo. Mousquet, lui, s'occupait à attacher ensemble de faux bras et de fausses jambes pour fabriquer le prétendu esprit. De son côté, Las Bombas était allé chercher d'autres chaises pour les installer dans le salon. Théo recommença à faire le portrait de Micky en espérant qu'il parviendrait ainsi à la distraire et à la rendre plus gaie.

Cette fois, il la fit asseoir près de la fenêtre en lui recommandant de ne pas bouger. Tout d'abord, il travailla plus vite que la veille et obtint un meilleur résultat. Mais au bout d'un moment, il se surprit à la regarder avec tant d'intensité que son fusain restait suspendu au-dessus du papier, comme s'il eût oublié ce qu'il était en train de faire.

Micky se mit à s'agiter. Elle se plaignit d'une raideur dans la nuque et refusa de poser plus longtemps, mais son visage s'illumina lorsque Théo lui proposa de poursuivre ses leçons. Ils s'assirent alors côte à côte dans un coin ensoleillé et Théo lui montra rapidement l'alphabet tout entier. Il avait l'intention de revenir ensuite au début en lui apprenant quelques lettres à la fois. Mais à peine avait-il recommencé que Micky lui récita les vingt-six lettres d'un coup dans un ordre presque parfait.

« C'est tout ce qu'il y a à savoir ? demanda la gamine.

— Je t'ai dit que c'était facile », répondit Théo.

Il s'abstint cependant d'ajouter qu'il ne s'était jamais attendu à ce qu'elle apprît si bien et si vite. Théo se serait volontiers attribué des mérites en tant que maître d'école, mais il savait qu'il n'y était pour rien. C'était la gamine qui était douée et le jeune homme en fut singulièrement étonné. Las Bombas avait raison, pensa-t-il, c'était vraiment un génie.

« La prochaine fois, tu pourras commencer à écrire des mots », dit Théo.

Mais Micky ne s'intéressait plus à l'alphabet. Elle regarda au-dehors par la fenêtre, puis se retourna, visiblement nerveuse.

Après un long moment d'hésitation, elle se décida enfin à parler à Théo de ce qu'elle avait en tête :

« Tu crois que... ce qui s'est passé, la nuit dernière, ça veut dire qu'un jour je vais me noyer ?

La tête phrénologique s'était transformée en spectre.

A l'orphelinat, les filles me disaient que les rêves sont faits pour te prévenir de ce qui doit t'arriver.

— C'est absurde, affirma Théo, tu as eu un cauchemar, voilà tout. Maintenant, c'est fini, il ne reviendra plus.

— Il... Il n'a jamais cessé de revenir ! s'écria Micky, je l'ai toujours eu. Avec des différences : parfois, il y a un puits, et j'essaie de boire, d'autres fois je suis dans un fossé empli d'eau et les bords sont si hauts que je n'arrive pas à en sortir. Mais toujours, ça finit de la même façon : je me noie et il n'y a personne pour m'aider. La dernière fois, en plus, j'ai entendu une voix, quelqu'un qui disait des choses terribles, je n'arrive pas à me rappeler quoi. Et puis quelqu'un riait aussi. C'est la première fois que ça se passe comme ça. C'était encore pire qu'avant.

— Et tu rêves toujours de la même chose ? » interrogea Théo en fronçant les sourcils.

La gamine lui prit la main qu'elle serra de toutes ses forces.

« Non, dit-elle, il y a un autre rêve. Mais celui-là ne me fait pas peur, il me donne seulement envie de pleurer. Je rêve de mon père et de ma mère. Au début, c'est un beau rêve, on est heureux, on rit, on joue à cache-cache comme on avait l'habitude de le faire. Et puis, à un moment, c'est à mon tour de me cacher et ils n'arrivent pas à me trouver. Alors, ils m'appellent, mais quand je leur réponds, ils ne m'entendent pas. Et ils sont tristes, et moi aussi, je suis triste parce que je sais que je ne les reverrai jamais. »

Micky tremblait. Elle resta ainsi quelques instants, puis elle se détourna de Théo et sans un mot repartit dans sa chambre.

Théo se releva, prêt à la suivre. Mais à ce moment, Mousquet l'appela pour qu'il vienne l'aider. Quelque chose dans le récit de Micky semblait étrange au jeune homme : il était certain que lorsqu'ils se trouvaient à Born, la gamine lui avait dit que ses parents étaient morts depuis longtemps et qu'elle ne les avait jamais connus.

11

La tête phrénologique s'était à présent transformée en spectre. Enveloppée d'une gaze blanche et rattachée à de faux bras et à de fausses jambes, elle avait pris l'aspect saisissant d'une apparition fantomatique. Théo et Mousquet avaient fixé des poulies au plafond et attaché des fils noirs au mannequin. De leur cachette, derrière un paravent également noir, ils pouvaient ainsi hisser le spectre en faisant croire qu'il flottait dans les airs. Pendant qu'ils installaient ce dispositif, Las Bombas avait appris à Micky son rôle de prêtresse de l'Oracle. Avant la fin de la semaine, le comte se déclara satisfait des préparatifs et il décida d'ouvrir ce soir-là ses portes au public.

En son for intérieur, Théo doutait qu'il y eût des spectateurs. Personne, pensait-il, ne se laisserait prendre à une telle supercherie. Pourtant, lorsqu'il jeta un coup d'œil dans le salon à travers un judas pratiqué dans le paravent, il n'en crut pas ses yeux. La pièce était trop faiblement éclairée pour qu'il pût la voir dans son entier, mais de toute évidence, la plupart des chaises étaient occupées. Micky, vêtue d'une robe noire, était assise à une table, éclairée par une unique chandelle, ainsi que Théo l'avait suggéré. Au signal de la gamine, Mousquet et lui tirèrent sur les fils et le fantôme s'éleva docilement au-dessus de leur tête. Les spectateurs retinrent leur souffle ; il y eut quelques cris d'exquise terreur et quelqu'un, au fond de la salle, rendit hommage à l'œuvre de Théo en s'évanouissant.

Las Bombas incita alors le public à consulter l'esprit sur quelque sujet que ce fût. Théo se préparait au désastre tandis que, de tous côtés, les questions pleuvaient sur l'Oracle. Un homme voulut savoir où feu son oncle avait caché son testament dans lequel il espérait qu'il lui avait légué tous ses biens. Une femme demanda avec anxiété quelles couleurs, selon l'esprit, allaient dominer prochainement la mode. Théo s'attendit à ce que Micky éclate de rire, mais la gamine resta impassible. Assise immobile, les yeux fermés, elle donnait l'impression d'être plongée dans une transe profonde ; par un artifice de sa voix, elle faisait parler la tête phrénologique d'un ton sépulcral qui provoquait des frissons parmi les spectateurs. Quant à ses réponses, elles étaient si vagues qu'on pouvait les interpréter à sa guise.

Bien loin d'exprimer son indignation pour avoir été ainsi trompé, le public en redemandait et Las Bombas dut finalement annoncer que la prêtresse de l'Oracle était trop fatiguée pour continuer ; il renvoya alors l'esprit qui disparut dans ses ombres familières. Puis, après avoir conseillé aux spectateurs de revenir un autre jour, il les fit sortir aussi vite que possible et referma les portes derrière eux.

« Magnifique ! s'écria le comte tandis que Théo et Mousquet quittaient leur cachette. Ma chère enfant, tu as été prodigieuse ! » ajouta-t-il en serrant Micky dans ses bras.

Las Bombas fouilla dans ses poches et jeta en l'air des poignées de pièces.

« Regardez ça ! s'écria-t-il, il y en a tant que j'en ai perdu le compte.

— En tout cas, le total de tout ça, c'est qu'il s'agit d'une pure et simple escroquerie, marmonna Théo.

— C'est tout à fait vrai, mon garçon, approuva Las Bombas d'un ton joyeux, c'est même la plus belle escroquerie que j'aie jamais mise sur pied. Et en toute justice, je dois t'en remercier, c'est toi qui l'as imaginée et qui m'as convaincu de la réaliser. Une idée brillante qui t'appartient en propre. »

Théo ne répondit rien. Il avait honte de lui et se sentait consterné que sa supercherie eût si bien marché. Mais en même temps, il lui fallait reconnaître qu'il n'était pas entièrement mécontent.

Micky, elle, ne semblait pas éprouver la moindre gêne et, dans les jours suivants, elle se montra d'excellente humeur. Son cauchemar n'était pas revenu, ni son autre rêve. La prêtresse de l'Oracle n'ayant à travailler que le soir, tout le reste de sa journée était libre et elle passa ses matinées à étudier l'alphabet en compagnie de Théo. A présent, elle connaissait parfaitement les lettres et commençait à les écrire avec autant de facilité qu'elle avait appris à les énoncer.

Micky respecta le marché conclu : l'après-midi,

c'était son tour de jouer les maîtresses d'école pour enseigner à Théo le langage des signes. Mais le jeune homme n'apprenait pas aussi vite que son élève du matin.

« Non, tu t'es encore trompé, lui disait Micky, bouge ton pouce vers le haut, pas sur le côté. Regarde bien comment je fais. »

Peu à peu, il finit par acquérir la technique et s'entraîna avec la gamine chaque fois qu'il en avait l'occasion, perfectionnant ainsi son apprentissage. Maintenant que Micky savait écrire des mots, Théo inventa un signe de la main pour chaque lettre et quand les gestes de la gamine ne suffisaient pas à exprimer quelque chose, elle pouvait de cette façon ajouter quelques mots d'explication tout aussi muets pour se faire mieux comprendre. En un peu moins d'une semaine ils furent capables de se dire à distance ce qu'ils voulaient et avec une telle rapidité que personne autour d'eux n'aurait pu deviner qu'ils utilisaient un code secret. Las Bombas et Mousquet ne pouvaient ignorer que les deux jeunes gens passaient le plus clair de leur temps en compagnie l'un de l'autre, mais ils s'abstenaient de faire le moindre commentaire.

Pour le reste, Théo prévoyait, et même espérait, que le numéro de la prêtresse de l'Oracle perdrait bientôt de sa nouveauté. Tout au contraire, cependant, les citoyens de Felden se pressaient de plus en plus nombreux chaque soir dans le salon du comte. Ce dernier chantait victoire au vu des recettes, tandis que la conscience de Théo le meurtrissait comme un genou écorché.

Il finit par demander à Las Bombas quand il comptait quitter la ville.

« Quelle idée ! s'exclama le charlatan d'un air surpris, nous avons à peine écrémé le public ; en fait, je songe à doubler le prix d'entrée.

— Et moi, je pense que nous devrions tout arrêter, répliqua Théo d'un ton abrupt, je n'aurais jamais dû accepter d'aller si loin. Il y a quand même mieux à faire que de tromper les gens.

— Qui trompe qui ? protesta le comte, il s'agit d'un divertissement inoffensif ! Imagines-tu que nos spectateurs croient une seconde à ce qu'ils voient ? Et se plaignent-ils ? Ne te mets donc pas martel en tête, mon garçon. Pense plutôt à ceci : si nous servions des rafraîchissements à l'entrée ? Ce serait une bonne idée, non ? »

Lorsque eut lieu le prochain spectacle, Théo se rangea presque à l'avis du comte. La prêtresse de l'Oracle était devenue une attraction à la mode dans la bonne société de Felden, sans doute par manque d'autres distractions. De plus en plus, les spectateurs venaient pour voir et être vus, pour s'amuser des pitreries de la tête phrénologique et pour admirer le charme rêveur de la prêtresse. On riait et l'on colportait des potins mais autant que Théo pouvait en juger, personne ne croyait vraiment aux proclamations fantomatiques de la gamine. Las Bombas aurait pu tout aussi bien présenter une pièce de théâtre bouffonne avec le même succès.

Parmi tous les spectateurs qui profitaient de l'occasion pour faire assaut d'élégance, Théo aperçut un homme et une femme vêtus d'habits de deuil. Leur apparence les distinguait nettement des autres et à en juger par les mains calleuses de la femme, le visage buriné de l'homme et ses lourdes épaules, Théo devina que c'était sans doute un couple de modestes paysans ou de métayers. Tous deux semblaient mal à l'aise dans ce public de citadins.

Ce fut seulement vers la fin de la soirée que la femme osa se lever. Elle fit une révérence maladroite en se tournant vers Micky et la tête phrénologique, suscitant quelques rires dans l'assistance, puis jeta un regard autour d'elle. Visiblement troublée, elle fut sur le point de se rasseoir sans avoir prononcé une parole ; Las Bombas intervint alors :

« Allez-y, madame, dit-il, la prêtresse commence à être fatiguée. Si vous souhaitez interroger l'esprit, faites vite.

— Heu... Monsieur, commença la femme en rougissant, notre... notre fille est morte il y a une semaine. Une mauvaise fièvre... Oh ! bien sûr, elle ne reviendra pas, je le sais ; je voudrais simplement vous demander, si vous pouvez nous le dire : où qu'elle soit à présent, est-ce qu'elle est heureuse ? »

La tête phrénologique répondit en affirmant que la fillette était désormais plus heureuse qu'elle ne l'avait jamais été au cours de sa vie et la femme bredouilla quelques mots pour exprimer sa gratitude d'être ainsi rassurée.

Las Bombas demanda ensuite s'il y avait d'autres

questions, mais personne ne prit la parole. Le public semblait soudain gêné et nerveux ; quelques spectateurs se levèrent pour partir, comme si le chagrin de cette femme avait jeté une ombre sur leur divertissement et le comte finit par annoncer que la séance était terminée.

« Comment avez-vous pu faire une chose pareille ? s'indigna Théo lorsque la salle se fut vidée, ces deux-là avaient le cœur brisé. Pour eux, ce n'était pas une simple fantaisie, ils prenaient les choses sérieusement et nous les avons trompés !

— Mon garçon, ils étaient tout ce qu'il y a de plus satisfaits, répondit Las Bombas, que veux-tu d'autre ?

— Je veux que tout cela s'arrête, répliqua Théo, voilà ce que je veux ! Vous pouvez bien appeler ça un divertissement inoffensif, mais la vérité, c'est que vous profitez de l'ignorance des gens. C'est malhonnête et méprisable. »

Puis, se tournant vers Micky, il ajouta :

« Tu comprends ce que je veux dire, au moins ? Tu te rends compte de ce que nous faisons ?

— Je ne fais que ce que tu voulais toi-même qu'on fasse, répondit la gamine, c'était ton idée depuis le début, non ?

— Alors, décidément, toi non plus, tu ne comprends pas ! s'exclama Théo, tu n'arrives donc pas à discerner ce qui est bien de ce qui est mal ? Ou bien tu t'en fiches ? Je n'aurais pas dû attendre mieux de ta part. »

Micky eut un haut-le-corps, comme si Théo l'avait giflée. Sans rien répondre, elle se cacha la tête dans le capuchon de sa robe et courut dans sa chambre.

Théo se serait mordu la langue pour avoir parlé si hâtivement ; il se précipita derrière elle, mais Las Bombas le retint.

« Laisse donc, dit-il, tu lui as fait de la peine et si tu insistes, dans l'état où tu es, ce sera encore pire. Tu n'auras qu'à arranger ça demain matin.

— Arrêtons tout dès maintenant, proposa Théo, on trouvera bien quelque chose d'autre à faire.

— Renoncer à la prêtresse de l'Oracle ? Alors que ça marche si merveilleusement ? Ridicule ! Hors de question ! Va te coucher, dors bien et tu te sentiras mieux demain. »

Théo n'ajouta rien ; il regagna sa chambre et se jeta sur son lit. Avoir blessé Micky le tourmentait ; il espérait qu'elle lui pardonnerait, mais sa conscience n'en était pas apaisée pour autant : Las Bombas, en effet, n'avait pas l'intention de modifier sa façon de voir les choses ; malgré toute l'affection que Théo lui portait — une affection aussi grande que celle qu'il avait éprouvée pour Anton —, le comte n'en était pas moins un escroc, et lui-même était en passe d'en devenir un à son tour. Anton n'aurait guère été fier de lui. Aussi les questions qu'il se posait n'appelaient-elles qu'une seule réponse. Il était allé suffisamment loin jusqu'à présent, peut-être même trop loin ; s'il voulait sauver ce qui lui restait d'honnêteté, il lui fallait quitter Las Bombas et le plus tôt serait le mieux. C'est-à-dire maintenant, pensa-t-il, cette nuit même. Il craignait, en attendant davantage, de ne plus avoir la force de le faire.

Pourtant, quelle que fût sa détermination, l'idée de laisser Micky lui était insupportable. Même s'il lui avait fait de la peine, il pensait qu'elle finirait par le comprendre, et sans doute viendrait-elle avec lui s'il s'employait de son mieux à la convaincre.

Théo se leva et se précipita vers la chambre de la gamine. Il leva alors la main pour frapper à la porte, mais il interrompit aussitôt son geste. A sa grande consternation, un détail essentiel lui était revenu en mémoire : on le considérait comme un criminel, la police le recherchait et il pouvait être arrêté à tout moment. Il n'était donc pas question qu'il demande à Micky de le suivre ; même si elle l'avait voulu, il se devait de refuser qu'elle l'accompagne, car c'était l'exposer aux mêmes risques que lui. Au moins, avec Las Bombas, tout charlatan qu'il fût, elle était en sécurité.

Théo laissa retomber sa main et resta devant la porte, hésitant. Enfin, il se détourna. Le portrait de Micky, inachevé, était posé sur une table. Il fit un geste pour le prendre, mais il se retint : il aurait moins de peine en n'emportant aucun souvenir d'elle.

Le jeune homme descendit silencieusement l'escalier sans avoir pris le moindre bagage. Il ne voulait pas faire ses adieux, par crainte d'être alors tenté de revenir sur sa décision. Quelques instants plus tard, il traversa la place du Marché. La ville dormait et bien qu'on fût presque en été, la nuit était fraîche.

Théo ne doutait pas d'avoir fait la seule chose juste et digne. Pour la première fois depuis qu'il avait pris Las Bombas en amitié, sa conscience était sereine.

Et il se sentait terriblement malheureux.

comme une source étincelante de savoir, enveloppée d'une aura quasi magique. En y pénétrant, cependant, il avait jugé la cité plutôt grisâtre, ses rues étroites et la célèbre tour de l'université plus petite qu'il ne l'avait imaginée. Mais il avait alors trop faim pour songer à être déçu.

Un peu plus loin sur la place, face à une statue d'Augustin le Grand, se trouvait une taverne. Théo y entra, espérant qu'on accepterait de lui donner quelque chose à manger en échange d'un quelconque travail. Une grande agitation régnait dans la salle, mais il ne vit personne qui ressemblât à un aubergiste. Les serveurs ne lui prêtant aucune attention, il se glissa à l'extrémité d'un banc et laissa sa tête reposer contre le mur.

Il avait pour compagnons de table une douzaine d'hommes et de femmes, tous jeunes, qui bavardaient et riaient. Théo s'intéressa bientôt au bol de soupe posé devant son voisin, un jeune homme au cou de taureau et au front massif, dont les cheveux avaient déjà commencé à se raréfier. Le nez de Théo n'était pas suffisamment bouché pour qu'il ne pût sentir l'odeur du potage, une odeur enivrante qui l'emporta.

« Stock, dit un autre jeune homme assis en face de lui, j'ai l'impression que ce monsieur est en train d'apprendre ta soupe par cœur. »

Théo sursauta, se rendant compte soudain que petit à petit, sa tête s'était approchée du bol comme attirée par un aimant. Il bredouilla une excuse qui ne fit qu'attirer sur lui la curiosité de tous les autres convives.

Un silence attentif s'installa autour de la table.

« Il reste maintenant à savoir ce qui a provoqué une telle fascination, poursuivit l'homme qui avait parlé. Cette soupe est-elle dotée d'une nature essentielle qui nous aurait échappé ? Ou bien a-t-il été captivé par la manière qu'a Stock de se tenir à table et qui, elle, n'a certainement échappé à aucun d'entre nous ? Ou alors, y aurait-il encore une autre raison ? »

Bien qu'il n'eût que quelques années de plus que Théo, l'homme semblait avoir franchi quelque frontière invisible, acquérant ainsi une autorité précoce sans rapport avec son jeune âge. Le personnage avait de longs cheveux châtain clair qui tombaient librement sur ses épaules ; ses joues et l'arête de son nez fin et droit étaient marquées de petite vérole. Il examina Théo d'un air apparemment nonchalant et amusé, mais en fait, ses yeux gris voyaient tout en même temps, soupesaient, calculaient, et évaluaient le résultat.

Théo sentit qu'on se moquait de lui, ou qu'on n'allait pas tarder à le faire. Et si l'occasion lui avait été donnée de se regarder dans une glace, sans doute aurait-il immédiatement compris pourquoi : ses cheveux étaient emmêlés, ses vêtements froissés et maculés de boue, son visage sale et hagard.

« Il a faim, Florian, dit l'une des jeunes femmes, aux cheveux blonds, au visage large et aux grosses mains de blanchisseuse.

— C'est évident, répondit l'homme, mais à quel point a-t-il faim ? Est-il suffisamment affamé pour se risquer à avaler l'une des mixtures de maître

Un silence attentif s'installa autour de la table.

Jellinek ? C'est cela qu'il faut voir, en passant de la théorie à la pratique. Donne-lui ton bol, Stock. Allons, ne fais pas ta tête de cochon. »

Pouffant de rire et maugréant tout à la fois, Stock s'exécuta. Florian leva alors un doigt et deux serveurs accoururent aussitôt. L'un posa un gobelet devant Théo, l'autre y versa du vin.

Florian leva son propre verre.

« A la santé de celui qui ne quitte jamais nos pensées : notre premier ministre », dit-il.

Théo rougit. Il était trop fatigué pour être poli et il repoussa son gobelet.

« Buvez à sa santé si vous voulez, mais ne comptez pas sur moi.

— Mes enfants ! s'écria Florian, entendez-vous cela ? Ce jeune homme qui, de toute évidence, meurt de faim, n'en reste pas moins fidèle à ses principes. Il nous donne un exemple : en semblables circonstances, serions-nous capables de nous conduire aussi bien ? »

Il se tourna ensuite vers Théo.

« Tu as parlé avec courage, mais inconsidérément, lui dit-il. Il est clair que tu n'as pas un esprit de juriste, ce qui est une excellente chose pour toi. Dans le cas contraire, tu aurais remarqué qu'il n'a pas été précisé si cette santé devait être "bonne". En concluant trop vite, tu as donc commis une erreur. Accepterais-tu de reconsidérer ta réponse ? Il s'agit de saisir l'occasion, car ne crois pas que nous nous offrons chaque jour un banquet comme celui-ci. Aujourd'hui, nous célébrons l'anniversaire de Rina. »

Il adressa un signe de tête à la blanchisseuse qui se leva et fit une révérence pour rire.

« Avec nous, c'est soit les festins, soit la famine, reprit Florian, et bien plus souvent celle-ci que ceux-là. »

Théo se risqua à demander s'ils étaient étudiants. Des sifflets et des huées accueillirent sa question.

« Nous te pardonnons cette offense involontaire, répondit Florian, de nos jours, ceux qui ont soif d'apprendre ne vont plus à l'université. La moitié des professeurs a démissionné, l'autre moitié donne des cours d'ignorance avancée. Les subsides royaux n'ont plus rien de royal et ne permettent plus de subsister, quant à l'intelligence publique, elle est devenue, aux yeux de Cabbarus, une nuisance publique, aussi indésirable qu'un chat errant : pour s'en débarrasser, il suffit de ne pas lui donner à manger. Mais permets-moi de te présenter mes enfants, mes chers aiglons qui attendent impatiemment de pouvoir déployer leurs ailes. Notre brave Stock, bien qu'il ait l'air d'un taureau de concours, est par inclination un poète et par tempérament un rêveur. Celui-ci, c'est Justin — il montra un jeune homme pâle, mince, à peu près de l'âge de Théo, et dont les yeux d'une étonnante couleur violette étaient bordés de longs cils —, Justin a un visage d'ange, mais en fait, c'est une sorte de démon assoiffé de sang. Peut-être cela vient-il de ce qu'il a vu pendre son père. Voici maintenant nos deux déesses, Rina la dorée, et Zara la rousse ; ce sont elles qui nous guident et nous inspirent. »

Florian se leva, mit une main sur sa poitrine et prit une pose caricaturale d'orateur.

« Quant à moi, poursuivit-il, j'ai étudié les lois jusqu'à ce que j'apprenne qu'il n'y en a qu'une seule : celle par laquelle la Nature elle-même a décrété que tous les hommes sont frères et que les seuls criminels sont ceux qui violent cette loi. Étudiants, disais-tu ? C'est vrai, mais notre classe, c'est le monde. »

Quand ses compagnons, jouant leur rôle de public, eurent fini de l'acclamer et de taper sur la table en signe d'approbation, Florian demanda d'une voix plus basse :

« Et toi, jeune homme ? Qu'est-ce qui t'amène ici ? Apparemment, tu as tout d'un épouvantail professionnel mais je ne crois pas que tu trouves grand monde pour faire appel à tes services. »

Théo sentait ses oreilles bourdonner légèrement sous l'effet de la fièvre, comme si elle lui eût chanté une chanson. La nourriture et le vin lui faisaient quelque peu tourner la tête et Florian, par surcroît, semblait avoir l'étrange pouvoir de l'amener à la confidence. Tout en faisant attention de ne rien dire au sujet de Dorning, Théo parla longuement de lui, s'accordant à peine le temps de reprendre son souffle. Il était content de pouvoir se confier à quelqu'un, n'ayant pas prononcé plus d'une douzaine de mots dans les douze derniers jours. Il exposa donc les détails de son voyage en compagnie de Las Bombas et tenta d'expliquer qu'il avait quitté Micky pour son propre bien. Mais lorsqu'il s'aperçut qu'il était en train de bafouiller, il s'abstint de poursuivre plus loin son récit.

« Il l'aimait, soupira Rina, c'était noble de sa part, c'était beau.

— C'était surtout stupide », dit Zara.

Florian leva la main.

« Mes enfants, on ne nous demande pas de rendre des verdicts, mais seulement de réfléchir à ce qu'il conviendrait de faire. »

Pendant un moment, il s'entretint avec la jeune Zara aux cheveux auburn, puis il se tourna à nouveau vers Théo.

« La divinité rousse va veiller à ce que tu sois logé dans l'immédiat, maître... Au fait, comment faut-il que nous t'appelions ?

— Heu... Mon nom, c'est... »

Théo s'interrompit, songeant au mandat d'arrêt lancé contre lui : il lui fallait brouiller sa piste le mieux possible.

« C'est... De Roth, dit-il enfin.

— Eh bien, suis donc Zara, maître De Roth, lança Florian avec un sourire, ici, nous donnons à manger aux chats errants. »

Zara le conduisit à la rue du Foirail. La jeune femme ne fut pas plus loquace que Théo, qui lui gardait rancune de ce qu'elle avait dit un peu plus tôt à propos de son attitude envers Micky. Lorsqu'il lui annonça qu'il n'avait pas d'argent pour payer le prix d'une chambre, Zara haussa les épaules. Elle lui conseilla de s'arranger avec le propriétaire à un autre moment. En attendant, Florian se porterait garant pour lui.

« Au fait, qu'est-ce qu'il fait, Florian ? demanda Théo, quel est son métier ?

— Son métier, répondit Zara avec un sourire dur, c'est d'être Florian. »

13

Le lendemain, après avoir dormi douze heures d'affilée, Théo retrouva le chemin de la taverne. Il avait l'intention de remercier Florian et de prendre congé de lui mais celui-ci n'était pas dans la grande salle, ni aucun autre de ses compagnons. Jellinek, un petit homme replet, qui faisait preuve d'un caractère étonnamment aimable pour un aubergiste, reconnut Théo et d'un geste du pouce, désigna l'entrée d'une pièce située à côté de la cuisine. Théo alla frapper à la porte, mais le vacarme qui régnait à l'intérieur l'empêcha d'être entendu ; il entra donc sans y avoir été invité, quelque peu gêné de se manifester au milieu d'un discours aux accents frénétiques.

C'était Stock qui parlait ainsi ; comme Théo le découvrit plus tard, il ne savait pas s'exprimer autrement, quel que fût le sujet à traiter. Le poète à la carrure impressionnante marchait de long en large en agitant les bras ; Florian, Justin et plusieurs autres personnages que Théo ne connaissait pas étaient assis autour d'une table à tréteaux.

« Je dis qu'une bataille, c'est un poème, proclamait Stock, un sonnet de mort, les hommes en sont les vers, le sang la ponctuation. Attaque et contre-attaque, rime contre rime, la cavalerie contre l'infanterie...

— Et où est-ce que tu mets l'artillerie, dans tout

ça ? l'interrompit l'un de ses compagnons dont Théo découvrit peu après qu'il s'appelait Luther. Elle représente les points d'exclamation ? Bonne idée, mais il y a quand même un défaut : ce que tu racontes n'a rien à voir avec les vraies batailles. Si tu veux un bon conseil, tu ferais mieux de continuer à gribouiller tes poèmes. »

Apercevant Théo, Florian lui fit un signe de la main.

« Stock a renoncé à mener bataille pour la poésie, dit-il, il préfère devenir le poète des champs de bataille. Et toi, qu'est-ce que tu comptes faire ?

— Il faut que je reparte. J'essaierai de vous envoyer de l'argent pour la chambre.

— Tu t'en vas ? Et où ça ?

— Ça n'a pas d'importance. J'irai là où je pourrai trouver un quelconque travail.

— Ce n'est pas le meilleur moment pour vagabonder dans le pays, fit remarquer Florian.

— Il faut bien que je gagne ma vie, d'une manièrc ou d'une autre. »

Florian réfléchit un instant.

« Est-ce que tu écris bien ? demanda-t-il. On a besoin d'un écrivain public ici, à Freyborg. Celui qui occupait cette fonction auparavant est parti, et Stock juge ce métier indigne de son génie.

— C'est un travail que je pourrais faire », répondit Théo d'un ton empressé.

Mais il s'interrompit : il n'avait rien dit, la veille, de ce qui s'était passé à Dorning, et il hésitait toujours à en parler. Si Florian apprenait la vérité, peut-être reviendrait-il sur sa proposition, car donner abri à un criminel en fuite était un délit aussi grave que d'en être un soi-même. Théo estima cependant qu'il valait mieux ne rien cacher. Il prit alors une profonde inspiration et se décida à tout raconter :

« Il faut que je vous dise quelque chose, annonça-t-il, après cela, je ne sais pas si vous aurez toujours envie de me voir rester.

— Eh bien, vas-y, parle. »

Sentant le malaise de Théo, Florian fit signe aux autres de quitter la pièce.

« Je dois vous avertir que... j'ai des ennuis, avoua le jeune homme lorsqu'ils furent seuls.

— On en a tous. Continue. »

Passé le premier moment d'hésitation, Théo confessa toute l'histoire sans rien omettre. Quand il eut terminé, il fut surpris de constater que Florian ne l'était pas.

« Je suis bien désolé pour toi, dit celui-ci, c'est une affaire pénible, mais j'ai entendu bien pire.

— Si je reste, je risque de vous mettre dans une mauvaise situation, reprit Théo, et vos amis également.

— Ne t'en fais pas, nous nous débrouillerons ; mais en ce qui te concerne, tu ne seras nulle part plus en sécurité qu'ici. Et donc, la question est réglée.

— Il y a encore une chose, dit Théo.

— Vraiment ? Tu as décidément beaucoup de secrets...

— Il s'agit de mon nom. Je ne m'appelle pas De Roth. »

Florian éclata de rire.

« Eh bien, figure-toi que nous avons quelque chose en commun : je ne m'appelle pas non plus Florian. »

A compter de ce jour, un banc et une table furent réservés à Théo dans la taverne de Jellinek. L'aubergiste lui fournit également une plume, de l'encre et du papier en attendant que le jeune homme eût gagné suffisamment d'argent pour s'en acheter lui-même. Tout avait été arrangé à l'instant, comme si Florian n'avait eu qu'à claquer des doigts pour obtenir ce qu'il voulait. Théo s'aperçut par la suite que les choses se passaient toujours ainsi avec Florian.

Dans les jours suivants, le nouvel écrivain public assis dans son coin devint une vision familière et il attira une clientèle encore maigre, mais régulière.

Certains parvenaient à écrire lentement et laborieusement, d'autrcs ćtaicnt complètement analphabètes mais en tout cas, aucun de ceux qui venaient voir Théo n'était capable de concevoir une lettre expliquant ce qu'il avait en tête. La tâche du jeune homme consistait donc à ordonner les idées de ses clients et à les coucher sur le papier.

Une vieille femme voulait adresser un appel au procureur royal en faveur de son fils qui avait été envoyé en prison pour un crime qu'il n'avait pas commis. Une fille de cuisine qui attendait un enfant désirait écrire à son fiancé parti pour Marianstat et lui faire croire que tout allait bien pour elle. Théo

Il attira une clientèle encore maigre mais régulière.

devait composer des lettres jurant un amour éternel, d'autres qui quémandaient un tel amour, d'autres encore qui menaçaient d'un ton comminatoire d'intenter des actions en justice ; il y avait aussi les lettres timides qui demandaient un délai supplémentaire pour payer une dette. L'écrivain public faisait partie des meubles, au même titre que le banc sur lequel il était assis, et personne ne se retenait de déverser sur lui tous ses chagrins, ses hontes, ses craintes et ses espoirs. La plupart des lettres, cependant, ne recevaient pas de réponse.

La nuit, Théo avait souvent de la peine à s'endormir. Le corps en sueur, il se tournait et se retournait sur la paillasse de sa chambre en repensant aux infortunes de ses clients, comme s'il avait besoin de les absorber avant de pouvoir se reposer.

Parfois, au contraire, il n'avait qu'une hâte, c'était d'oublier dans le sommeil ce qu'il avait entendu dans la journée et qui l'avait consterné, accablé. Il finit par acquérir quelque modestie. Jusqu'à présent, les malheurs qu'il avait eu à subir lui avaient semblé d'une particulière cruauté et il lui fallut un peu de temps pour accepter l'idée que la plupart de ses clients se trouvaient dans des situations bien pires que la sienne.

Le matin, il se rendait à la taverne de Jellinek ; selon le cas, Florian s'y trouvait également ou en était absent ; parfois, en effet, celui-ci disparaissait pendant plusieurs jours de suite, mais quand il revenait, quelque chose dans son comportement dissuadait Théo de lui demander où il était allé.

Stock et les autres, habitués à ces absences, ne les commentaient jamais et Théo ne se risquait pas davantage à leur poser des questions. Pour le reste, il s'entendait bien avec eux et appréciait leur compagnie.

Le jeune homme s'aperçut bientôt que la divinité dorée et la divinité rousse étaient toutes deux amoureuses de Florian : la première d'une manière rêveuse et avec bonheur, la seconde avec amertume et presque contre sa volonté. Stock, qui d'ordinaire était saisi de fureur dès que l'on se mêlait de formuler la moindre critique sur sa poésie, écoutait en revanche avec le plus grand intérêt les observations que lui faisait Florian. La plupart du temps, ce dernier manifestait un humour teinté d'ironie et parfois, ses remarques pouvaient se révéler blessantes. Les autres ne s'en formalisaient guère, mais un jour, alors que Florian lui avait lancé une réplique quelque peu sarcastique, Justin avait failli fondre en larmes.

« Tu aurais dû lui répondre, lui dit Théo plus tard, il ne fallait pas le laisser te faire de la peine. »

Justin tourna alors son regard vers Théo.

« S'il me le demandait, je serais prêt à mourir pour lui », confessa-t-il.

Être appelé « mon enfant », par Florian constituait une marque d'honneur qui n'avait pas encore été accordée à Théo. Or, le jeune homme aspirait à ce titre. Malgré l'aide et l'intérêt dont il avait bénéficié de la part de Florian, Théo se rendait compte qu'il n'était pas tout à fait accepté dans le groupe. Peut-être n'avait-il pas gagné le droit de l'être, ou peut-être ne le méritait-il pas. On lui cachait quelque chose de la vie de Florian et de ses enfants et il en éprouvait quelque perplexité.

Ce qui rendait Théo également perplexe, c'était de voir que Florian échappait à la prison alors qu'il n'hésitait jamais à dire ce qu'il pensait quand et où bon lui semblait. Les habitants de la ville lui vouaient un véritable culte et Théo crut tout d'abord que les autorités avaient peur de déclencher des émeutes en s'attaquant à lui. Il se trompait, cependant ; il s'en aperçut un après-midi, alors que deux gendarmes étaient entrés dans la taverne pour harceler Jellinek de questions au sujet d'un apprenti en fuite.

Théo se mit à transpirer, persuadé qu'il s'agissait

de lui. Jellinek, également couvert de sueur, ne cessait de s'essuyer le visage et les mains avec son tablier. Enfin, Florian se leva du siège sur lequel il avait coutume de s'asseoir et s'avança d'un pas nonchalant vers les gendarmes. Un sourire aux lèvres, il leur suggéra calmement de quitter les lieux. Il ne leva pas la main, ni ne haussa le ton et à aucun moment il ne perdit son sourire, mais ses yeux gris étaient devenus durs et brillants comme de la glace. Les deux officiers manifestèrent bruyamment leur mauvaise humeur, puis ils finirent par déclarer que l'affaire n'avait pas d'importance et quittèrent la taverne. Théo comprit alors. Ce n'était pas les gens de la ville que craignaient les autorités, c'était Florian lui-même.

Ainsi donc, Florian ne se vantait pas en assurant qu'il ne risquait rien et Théo en fut soulagé. Celui-ci, d'une manière générale, se sentait un peu plus optimiste, bien que de temps à autre, l'impression que sa vie n'avait ni sens ni but le plongeât dans le désarroi.

« Je suis content de mon nouveau travail, dit-il un matin à Florian, mais je ne pense pas qu'il soit très utile. Les gens ne tirent aucun bénéfice des lettres que j'écris pour eux. Je n'arrive pas à améliorer leur situation. Et dans ce cas, à quoi cela peut-il bien servir ?

— Ils ont besoin de toi, répondit Florian, il y a toujours une chance pour que les choses s'arrangent et au moins, tu leur donnes une lueur d'espoir ; estime-toi heureux de pouvoir faire si peu que ce soit pour eux. Mais pour changer de sujet, poursuivit-il, j'aurai peut-être une autre tâche à te confier. Et je te préviens, ce ne sera pas facile.

— Qu'est-ce que c'est ?

— Nous en parlerons le moment venu. »

Impatient de savoir, Théo essaya de lui en faire dire davantage, mais Florian s'en alla sans ajouter un mot. La vieille femme dont le fils était en prison avait patiemment attendu qu'ils en aient terminé. Théo avait écrit si souvent la même lettre au procureur royal qu'il la connaissait à présent par cœur. Jusqu'à sa conversation avec Florian, il avait estimé que le meilleur service à lui rendre serait de conseiller à la vieille dame de s'en aller en lui expliquant que sa cause était perdue. Mais au contraire, il lui fit signe d'approcher.

« Allez, venez, la mère, dit-il, on va essayer une nouvelle fois. »

14

« Il y en a un qui est mort. »

Le garçon leva sa lanterne et se pencha par-dessus le bord de la barque.

« Vas-y, Moineau, rame. »

La jeune fille obéit à son frère et l'embarcation ballottée par les vaguelettes s'approcha des marches de pierre qui permettaient d'accéder au quai. Belette, le garçon, était petit et aussi maigre que son surnom le laissait supposer. Moineau, plus âgée de quelques années et plus robuste, se chargeait de ramer au cours de leurs expéditions nocturnes dans le port.

L'homme était couché sur le ventre, la moitié du corps dans l'eau, l'autre moitié reposant sur la berge. Ses jambes se balançaient lentement au gré de la marée.

Moineau ramena les avirons à l'intérieur de la barque. « Il s'est noyé, on dirait. »

Belette lança un filin autour du poteau d'amarrage et sauta sur la rive. Il s'accroupit auprès du corps et essaya en vain de le retourner. Moineau vint à la rescousse. Ils virent alors le manche du poignard.

« Une bagarre », assura Belette en hochant la tête avec solennité, tel un expert rendant son verdict. Il tira sur l'arme jusqu'à ce qu'elle se dégage de la poitrine du mort.

« C'est une bonne lame », estima-t-il.

Il glissa le poignard dans sa ceinture tandis que Moineau fouillait rapidement les poches du cadavre. Les morts ne lui faisaient pas peur ; les araignées, en revanche, la terrifiaient.

La veste et le pantalon de toile de l'homme poignardé ne contenaient rien. Moineau fit une grimace et haussa les épaules. La lueur de la lanterne éclaira une forme massive quelques marches plus haut. Moineau se releva ; le garçon remarqua également la silhouette et suivit sa sœur.

« Je savais bien que c'était une bagarre », déclara Belette d'un air satisfait.

L'autre homme avait les cheveux blancs et un visage aux traits durs. L'une de ses manches, tachée de sang, avait été tailladée le long du bras. A nouveau, la jeune fille explora les poches. Cette fois, elle émit un sifflement. Elle avait découvert une bourse remplie de pièces mais également autre chose : l'homme était vivant. Belette s'accroupit à côté de sa sœur, vivement intéressé. Jamais ils n'en avaient trouvé un qui fût encore en vie.

« Qu'est-ce qu'on va faire de lui, Moineau ? » demanda-t-il.

La jeune fille se mordit la lèvre. Elle avait un visage pointu, plus renarde qu'oiseau. L'homme la regardait ; il marmonna quelques mots qu'elle ne comprit pas.

Elle se pencha un peu plus, écouta, puis jeta un regard à Belette.

« Je ne sais pas ce qu'il dit, mais je crois bien qu'il n'a pas envie de rester ici, annonça-t-elle.

— Je le comprends », répondit Belette.

Tout comme son frère, Moineau portait un vêtement de grosse toile. Sa seule coquetterie consistait en un foulard noué autour de sa tête. Elle le défit et pansa maladroitement le bras de l'homme ; celui-ci poussa un gémissement et fit un faible geste.

« Qu'est-ce qu'il veut ? »

Jusqu'à maintenant, Belette avait concentré toute son attention sur leur découverte inhabituelle, mais soudain, il aperçut une mallette de cuir au bord du cercle de lumière produit par la lanterne. Il se précipita et ramassa l'objet.

« Ça ? » dit-il.

Belette ouvrit la mallette et regarda à l'intérieur.

« C'est plein de couteaux et d'autres choses. Ça doit avoir de la valeur. »

Moineau avait fini son pansement et pris une décision.

« On va le garder, déclara-t-elle.

— Qu'est-ce que va dire Keller ?

— Il sera très content ; ça lui fera de la compagnie, non ? »

Le frère et la sœur entreprirent de faire descendre les marches au blessé pour l'amener dans la barque. L'homme était suffisamment conscient pour faire l'effort de les aider, sinon ses sauveteurs n'auraient eu d'autre choix que de le laisser là. Belette détacha le filin et Moineau se mit à ramer avec force vers le milieu du fleuve avant que la marée ne leur soit contraire.

Le fleuve Vespera traversait Marianstat. A proximité du port, d'étroites bandes de terre s'avançaient dans l'eau depuis les berges : on les appelait les

Le jour était presque levé
lorsque la barque arriva à destination.

Doigts. Moitié marécages, moitié broussailles bordant un dédale de petites criques, les Doigts formaient une sorte de main qui attrapait tout ce qui flottait à proximité. Parfois, des corps humains ou des carcasses d'animaux venaient se prendre dans les roseaux. Les chiffonniers des environs fouillaient alors les cadavres pour récupérer ce qui pouvait leur être utile, puis les abandonnaient à nouveau au courant en les laissant poursuivre leur voyage.

Les habitants de la rivière et de ses berges s'évitaient les uns les autres. Chacun avait son bras mort préféré qu'il défendait jalousement en le surveillant et en récoltant ce qu'il rapportait, tel un petit cultivateur ; la moisson était ensuite vendue à Marianstat pour quelques sous. Quand cette moisson était maigre, ceux qui avaient la chance d'avoir un bateau exploraient d'autres eaux. Les docks offraient en général des trouvailles de quelque valeur.

Dans l'immédiat, Moineau ramait en direction des Doigts, impatiente d'examiner son passager tout à loisir. Le jour était presque levé lorsque la barque arriva à destination. L'homme, les yeux fermés, était affalé à l'arrière ; le frère et la sœur ne parvinrent pas à le soulever.

« Keller ! s'écria Moineau, viens nous aider ! »

Un personnage grand et maigre montra prudemment la tête à l'entrée d'une cabane rudimentaire construite parmi les buissons à quelque distance de la berge, puis s'avança vers les jeunes gens.

« Dépêche-toi ! lança Moineau, on t'amène de la compagnie, mais il est peut-être bien mort.

— Magnifique, exactement ce qu'il me faut », répliqua l'homme d'un ton acerbe.

Plutôt jeune, Keller avait des cheveux châtains ébouriffés et le teint pâle. Belette vint le tirer par la manche. Keller jeta un coup d'œil à l'homme étendu dans la barque et s'en approcha soudain à grands pas sans se soucier de l'eau qui lui montait jusqu'aux genoux.

« Viens, dit Moineau, donne-nous un coup de main.

— Mes chers petits rats d'eau, répondit Keller avec un rire stupéfait, vous avez attrapé là un médecin royal. »

Lorsqu'il ouvrit les yeux, le docteur Torrens ne fut certain que de deux choses : il était vivant et son bras lui faisait mal. Pour le reste, ses souvenirs étaient vagues et confus. Il lui semblait que deux lutins l'avaient traîné derrière eux, mais peut-être n'était-ce qu'un rêve. Allongé sur un sol poussiéreux, un inconnu penché sur lui, il n'avait aucune idée de l'endroit où il se trouvait. Une fillette et un garçon vêtus de haillons l'observaient.

« Nous avons attendu deux jours que vous repreniez conscience, dit l'inconnu, je puis maintenant vous avouer que j'ai eu quelques doutes quant à votre survie. Voici Moineau et son frère Belette. Ils m'ont affirmé que vous avez tué un marin d'un coup de couteau ; cela les intrigue beaucoup. Vous les impressionnez grandement, docteur Torrens.

— Vous me connaissez ? »

Le médecin, surpris, parvint à se redresser.

« De vue et de réputation. Vous êtes l'un de ces rares praticiens qui n'utilisent pas de sangsues pour soigner leurs malades. Voilà qui est sage. La sangsue géante qui nous tient lieu de premier ministre nous suffit largement. Mais pardonnez-moi d'imposer mon opinion à quelqu'un qui est trop faible pour exprimer son désaccord. »

Torrens fit une grimace.

« Il me serait difficile de ne pas vous approuver, répondit-il. Ainsi donc, vous m'avez reconnu ; malheureusement, je ne peux pas en dire autant à votre sujet.

— Peut-être avez-vous entendu parler de moi sous le nom du Vieux Gaspard ? »

En dépit de sa douleur, le docteur Torrens éclata de rire sous l'effet de la surprise : le Vieux Gaspard était le titre d'un journal comique qui circulait à Marianstat.

« Vous, le Vieux Gaspard ? s'étonna le médecin, serait-ce possible ?

— Puisque c'est moi qui l'ai créé et qui écris ce qu'il dit, j'imagine que je suis en droit de revendiquer son identité. Et celle de l'Ours également.

— Votre journal m'a beaucoup amusé. Ces dialogues entre le Vieux Gaspard et son ours font preuve d'un esprit tout à fait plaisant. Mais le Vieux Gaspard, avec sa veste de paysan, sa chope de bière et sa moustache grise me laissait penser que son auteur était beaucoup plus vieux que vous.

— Dans les temps que nous vivons, nous prenons vite de l'âge, répondit Keller, mais quoi qu'il en soit, je prends ce que vous dites comme un compliment. Voyez-vous, je tourne le monde en ridicule pour aider les autres à le prendre au sérieux.

— Voilà une remarque bien digne du Vieux Gaspard, observa Torrens.

— En réalité, c'est l'Ours qui est le plus intelligent des deux. Comme vous l'aurez sans doute remarqué, il permet souvent au Vieux Gaspard de mieux comprendre les choses. Le premier ministre trouve leur humour un peu trop grinçant et j'en suis heureux. Tous deux, en la personne de leur créateur, on été récemment invités à assister à une pendaison : la leur. C'est très certainement un hommage à leur faculté d'agacer Cabbarus mais j'ai cependant été soulagé de pouvoir échapper à cette marque d'honneur. Nous étions toute une bande de journalistes enfermés à la forteresse de Carolia, à attendre qu'on écrive nos dernières pages. Quelques-uns ont réussi à s'échapper et je me suis joint à eux pour éviter au Vieux Gaspard de faire sa dernière apparition publique à la potence. Une fois dehors, nous nous sommes séparés et je suis arrivé jusqu'ici. Heureusement, ces deux rats d'eau se sont montrés très accueillants. Ils admirent ceux qui violent les lois. Mais je suis en train de vous fatiguer, docteur. Dites-moi plutôt ce que je puis faire pour vous, car de toute évidence, vous n'êtes pas venu ici de votre propre gré. Vous pouvez compter sur ma discrétion au sujet de la mort du marin.

— Je l'ai tué, répondit sans détour le médecin, et je ne me le suis pas encore pardonné. J'ai pour métier de sauver la vie, non de la prendre. Mais c'est la mienne qu'il aurait prise si je ne m'étais pas défendu. Malheureusement pour lui, je connaissais mieux que lui les points faibles du corps humain. Je précise d'ailleurs que ce n'était pas un marin ; il m'a été envoyé par Cabbarus, car figurez-vous, maître Keller, que moi aussi, je suis condamné à mort.

— Bravo ! s'écria Keller, vous allez être un héros aux yeux de nos petits rats d'eau. Et aux miens également, pour tout vous dire. »

Le docteur Torrens était reconnaissant d'être tombé entre les mains d'un journaliste et de deux gamins plutôt qu'entre celles d'un autre médecin. Au lieu de lui administrer des remèdes et de le cautériser, ils se contentèrent, dans leur ignorance, de le laisser se reposer, de le nourrir du mieux qu'ils pouvaient et de nettoyer sa blessure. En conséquence, il recouvra rapidement une bonne santé. Suivant les instructions du docteur, Keller fabriqua une écharpe pour son bras à l'aide d'un vêtement de lin découvert dans un tas de haillons.

« Moineau et Belette ne nous en voudront pas de prendre quelques libertés avec leur collection de guenilles, dit Keller en ajustant l'écharpe, une partie était sûrement déjà là lorsqu'ils sont arrivés : c'était comme un héritage ancestral ; en bons intendants ils l'ont enrichi.

— Cette cabane n'est pas la leur ? interrogea le docteur Torrens.

— Elle l'est devenue. Si j'ai bien compris ce que

m'a expliqué Moineau, ils l'ont trouvée vide et s'y sont simplement installés. Ils n'ont pas de parents, si ce n'est au sens strictement biologique et ils peuvent donc rester ou déménager à leur guise. Pour l'instant, ils sont ici et c'est tout ce qui leur importe.

— C'est monstrueux de penser qu'ils doivent grandir dans cette espèce d'égout.

— Au contraire, ils font partie de ceux qui ont eu de la chance. Comme vous le savez sûrement, Marianstat grouille d'enfants abandonnés. Parfois même, je me demande s'il n'y en a pas qui vivent dans les crevasses des trottoirs. Et pour eux, ce que vous appelez un égout aurait le charme d'un séjour à la campagne. Nous aussi, nous devrions être heureux d'être là tant que nous n'avons pas d'autre endroit où aller.

— En ce qui me concerne, je ne pourrai guère m'attarder », dit Torrens.

Au cours de sa convalescence, le médecin avait établi avec le journaliste des relations de confiance. Bien qu'il fût d'un tempérament plus maussade que le docteur Torrens ne s'y serait attendu de la part du créateur du Vieux Gaspard, Keller se montrait parfois comique et grinçant dans ses remarques au sujet de Cabbarus. Alors que leurs hôtes étaient partis faire leur tournée quotidienne, Torrens fit part au journaliste de ses espoirs de rallier une opposition populaire au premier ministre.

« Maître Cabbarus ne manque pas d'admirateurs, répondit Keller, j'entends par là des gens qui trouveraient admirable de le voir se balancer au bout d'une corde. Mais ils sont dispersés dans tout le royaume, ce qui résume bien la difficulté. Dispersés, voilà le maître mot.

— N'y a-t-il pas de chef parmi eux ? Quelqu'un qui puisse m'aider ? interrogea le médecin.

— Un de mes collègues m'a écrit il y a peu de temps. Il habite Belvitsa, à quelques lieues plus au nord et il m'a parlé de rumeurs concernant un certain personnage partisan de la subversion.

— Pourriez-vous me mettre en rapport avec ce collègue ?

— J'aimerais moi-même le contacter. Le Vieux Gaspard et son Ours vont devoir se cacher aussi loin que possible de Marianstat. Les Doigts sont un endroit charmant dans leur genre un peu particulier, mais pas comme adresse permanente.

— Bien entendu, les routes seront surveillées.

— De très près ; sauf une. Une grand-route tout à fait praticable qui peut nous permettre de quitter la ville. Ensuite, ce sera à nous de nous débrouiller. Je dis « à nous », car je suggère que nous voyagions ensemble.

— Je suis d'accord, répondit Torrens, mais cette route ?

— Elle est à notre porte. C'est la Vespera. Et puisque nous ne pouvons y marcher, nous devrons y naviguer. Nous aurons donc besoin d'un bateau. Et ce bateau...

— On ne peut pas prendre celui des enfants, coupa Torrens, les sourcils froncés, c'est leur seul moyen d'existence.

— Bien que je sois journaliste de profession, je

refuse de voler des enfants. Mais nos petits rats d'eau pourraient très bien nous amener hors de la ville dans leur barque et nous laisser en amont sur la berge. Je pense qu'un peu d'argent les convaincra de nous aider.

— Sans aucun doute, mais ma bourse a disparu.

— C'est Moineau qui l'a. Je l'ai vue avec et je vais la convaincre de s'en séparer en faisant appel à son meilleur côté, à son sens de l'honneur dont elle doit bien garder quelque trace. »

Lorsque Moineau et Belette furent de retour, Keller les fit asseoir devant lui.

« Mes petits rats d'eau, dit-il, je vais vous poser une question : êtes-vous des voleurs ?

— Non, répondit Belette, mais j'aimerais bien en être un.

— Moi non plus, je ne suis pas une voleuse, dit à son tour Moineau, je n'ai jamais eu cette chance.

— Eh bien, malgré cela, poursuivit Keller, je sais que vous avez une bourse pleine d'argent qui appartient au docteur Torrens. Et vous la lui avez bel et bien volée.

— Pas vrai ! s'écria Moineau, je l'ai trouvée et je l'ai ramassée.

— Oui, tu l'as trouvée. Dans sa poche. Et maintenant, suis bien mon raisonnement. Si tu l'avais prise à un homme mort, ce serait une chose. Mais comme il était tout ce qu'il y a de plus vivant, c'est tout à fait différent. Cela s'appelle voler.

— Je ne la rendrai pas !

— Oh ! mais bien sûr, tu vas la garder, approuva Keller, mais dans des conditions un peu différentes.

Le docteur Torrens et moi-même avons des choses urgentes à faire en amont du fleuve. Si vous acceptiez de nous emmener en barque à quelque distance d'ici, vous gagneriez très honorablement et très honnêtement cette bourse. Elle paierait notre passage et vous dédommagerait de votre hospitalité. Peut-être ne comprendrez-vous pas les points les plus subtils de cette logique, mais...

— On vous emmènera, l'interrompit Moineau, pourquoi est-ce que vous ne nous l'avez pas demandé tout de suite ?

— Tant pis pour la logique, soupira Keller, et tant pis pour l'honneur. »

15

Quelques jours après qu'il eut évoqué la possibilité d'un nouveau travail pour Théo, Florian le conduisit dans l'entrepôt d'un marchand de vin situé à proximité de la place du Marché. Le marchand ouvrit lui-même la porte et leur fit descendre quelques marches. Dans la cave, derrière un mur constitué de cuves à vin, un espace avait été ménagé, offrant une sorte de grande pièce au plafond bas. Sur une table à tréteaux, étaient posées des chandelles et des caisses. Stock marchait de long en large tandis que Zara et Justin déballaient les caisses.

« Mes enfants, déclara Florian, je vous demande de saluer notre expert. »

Il se tourna alors vers Théo, s'inclina et ajouta :

« Jeune homme, tu n'es plus apprenti, te voici devenu maître. »

Théo ne comprenait pas ce que Florian voulait dire. Son regard tomba sur un tas de morceaux de bois et de pièces métalliques. C'était une presse — ou plutôt des fragments de plusieurs presses.

« Cabbarus a fait profession de fermer les imprimeries, expliqua Florian, et nous, nous avons décidé d'en ouvrir. Au moins une pour l'instant. Chaque fois que les officiers du roi détruisent une presse, nous nous arrangeons pour récupérer quelques pièces détachées, comme des oiseaux picorant des miettes.

— Mais... Comment avez-vous réussi à rapporter tout cela ici ? s'étonna Théo.

— Peu importe. Pour l'instant la question est celle-ci : peux-tu assembler tous ces morceaux et en faire une presse en état de fonctionner ?

— Je ne sais pas... »

Théo était effaré par le travail que nécessitait un tel projet.

« Chaque presse est un peu différente, dit-il, il ne s'agit pas seulement d'attacher quelques pièces ensemble. Je ne sais vraiment pas si ça peut marcher, mais je vais essayer, en tout cas...

— Vas-y, l'encouragea Florian, et si tu as besoin de quoi que ce soit, tu l'auras.

— Ce sera comme le Phénix ! s'écria Stock. Tel l'oiseau légendaire qui renaît de ses propres cendres, cette presse naîtra de son tas de débris.

— Arrête un peu, coupa Zara, si tu as l'intention de travailler, reste avec nous, sinon, va donc chez Jellinek. »

Le corpulent poète saisit alors une feuille de papier sur la table.

« Je me mets immédiatement au travail, annonça-t-il, j'ai justement quelques vers en tête. Ils seront les premiers rejetons de notre Phénix mécanique. Le vrai Phénix ne pondait qu'un seul œuf, mais nous, nous pourrons en faire éclore des milliers.

— Tes vers peuvent attendre », intervint Florian.

Il jeta un coup d'œil à Théo.

« Lorsque notre jeune ami est arrivé parmi nous, il m'a dit quelque chose en privé, et s'il est d'accord, je crois qu'il est temps de le répéter en public. Le

Le soir, il travaillait à assembler la presse...

meurtre d'un innocent par les Officiers du Roi ne devrait pas rester secret. »

Théo, quelque peu déconcerté, approuva d'un signe de tête et Florian poursuivit :

« Je suggère que tu écrives ce qui est arrivé à ton maître ; pourquoi ils ont détruit sa presse et pourquoi ils l'ont lui-même tué. Raconte-le exactement comme ça s'est passé et imprime-le. Nous diffuserons ton récit le plus largement possible. Le peuple d'Occiterre aura ainsi un autre exemple de la façon dont Cabbarus mène les affaires du pays. »

Théo trouva l'idée excellente et à compter de ce jour, il s'attela à trois tâches en même temps. Dans la journée, assis à la table de la taverne, il rédigeait les lettres de ses clients, le soir, il travaillait à assembler la presse dans la cave du marchand de vin et ensuite, quand la nuit était déjà bien avancée, il essayait d'écrire son récit.

Ce dernier travail n'était pas aussi facile qu'il l'avait imaginé. Anton avait été pour lui autant un père qu'un maître et il pensait plus souvent à la façon dont il l'avait élevé qu'à cette fameuse nuit où tout avait pris fin. Théo s'efforçait de voir Anton tel qu'il serait apparu aux yeux d'un étranger : un artisan de province qui n'avait pas vu grand-chose du monde au-delà de sa boutique, et dont la vie était entièrement consacrée aux livres qu'il imprimait. Il se rappela comment Anton lui avait reproché d'avoir souhaité tenir Cabbarus à la gorge. Pourtant, il s'était lui-même battu avec acharnement pour défendre sa presse. En essayant de définir le personnage d'Anton, il tentait de se définir lui-même, mais rien de tout cela n'était utile au pamphlet qu'il devait composer et il ne cessait de le recommencer.

Peu à peu, la presse commença à prendre forme. Théo avait choisi Zara comme apprentie. Elle avait la langue acérée, et il était arrivé que Théo n'appréciât guère certaines de ses remarques, mais elle avait l'esprit vif et, couturière de métier, elle était également habile de ses mains. Rina et Justin s'occupaient quant à eux de trier l'amas de caractères rassemblés en vrac dans un coin de la cave : une besogne fastidieuse en vérité, mais comme c'était pour Florian qu'ils travaillaient, ni l'un ni l'autre ne songeaient à se plaindre. Stock enfin se chargeait des travaux de force en grommelant qu'il était poète et non pas bête de somme.

Lorsque la presse fut enfin prête — Stock avait insisté pour qu'elle fût baptisée « Le Phénix d'Occiterre » —, Florian offrit à tout le monde un souper chez Jellinek ; il s'agissait d'ailleurs d'une double célébration, car, dans le même temps, Théo avait terminé son pamphlet et Florian en avait fait l'éloge.

Tandis que Stock déclamait ses vers et que Justin somnolait devant les reliefs du festin, Florian, sur un signe de Jellinek, quitta la table. Il revint quelques instants plus tard et entraîna Théo dans la petite pièce à côté de la cuisine.

Luther les y attendait. De tous les amis de Florian, c'était celui que Théo voyait et connaissait le moins. Grisonnant, la peau parcheminée, il était plus vieux que les autres et avait l'apparence d'un charron, d'un tailleur de pierre ou de quelque autre artisan accoutumé aux travaux difficiles. Théo remarqua que ses vêtements étaient humides et salis par la poussière des chemins.

« Luther revient du Sud, dit Florian, il est passé par la ville de Nierkeeping et peut-être auras-tu envie d'entendre ce qu'il a appris au sujet de certains de tes amis.

— Je ne suis jamais allé à Nierkeeping, répondit Théo et je n'y ai pas d'amis.

— Je crois bien que si, insista Florian, il s'agit de ton ancien collègue. Quel que soit le nom qu'il ait pris à présent, la description qu'en a faite Luther correspond à ce que tu m'en as dit.

— Il y avait une fille avec lui, s'écria Théo, elle s'appelle Micky...

— Et elle y est toujours, assura Luther, ainsi qu'une demi-portion qui les accompagne. Tous deux sont enfermés dans la prison de la ville.

— Pourquoi cela ? »

Le cœur de Théo s'était mis à battre plus fort, puis tout aussi soudainement, il lui sembla qu'il s'arrêtait.

« Qu'ont-ils fait ? interrogea-t-il.

— Je n'en sais rien, dit Luther, mais ils sont dans une meilleure situation que le troisième. Lui a été enfermé dans une cage au beau milieu de la place du Marché. »

Théo saisit le bras de Luther.

« Mais pourquoi donc ? Pourquoi ont-ils fait ça ?

— D'après ce que j'ai pu apprendre, on l'a puni de je ne sais quel méfait. Ils l'ont laissé dans la cage depuis deux jours sans même lui donner à manger.

— Il faut que j'aille là-bas, décida Théo, Zara peut s'occuper de la presse.

— Quand nous nous sommes rencontrés pour la première fois, je me souviens que tu étais enchanté de t'être débarrassé de ce bonhomme, fit observer Florian.

— Il n'avait pas d'ennuis, à ce moment-là. Et puis Micky est également là-bas, et Mousquet. Il faut que je les sorte de prison.

— C'est impossible, déclara Luther, d'abord, parce que Nierkeeping est pleine de soldats, ensuite parce que les habitants de la ville sont d'une humeur massacrante. Tu ne tiendrais pas une minute.

— Je peux très bien rester là-bas sans rien faire

pour le moment. Mais il doit bien y avoir un moyen. De toute façon, j'y vais, je prends le risque.

— Je ne vais pas te laisser faire ça, intervint Florian.

— Ne pas me laisser ? s'indigna Théo, personne ne pourra m'arrêter, même pas vous ! »

Théo fut étonné par ses propres paroles. Personne ne parlait de cette façon à Florian. Il continua cependant de lui tenir tête en le regardant droit dans les yeux.

Florian esquissa un sourire.

« Tu as le sang plus chaud que je ne le pensais, remarqua-t-il, non, je ne vais pas te laisser partir ; je veux dire : te laisser partir seul.

— Vous allez m'aider, alors ? »

Les yeux gris de Florian s'illuminèrent.

« Plus j'y pense, et plus je crois qu'un voyage à Nierkeeping nous ferait à tous beaucoup de bien. Nous pourrions ainsi profiter de l'air de la campagne. »

Il jeta un coup d'œil à Luther.

« Ce pourrait être en effet très profitable, comme je te l'ai expliqué, répondit l'artisan, nous risquons gros, mais nous pouvons gagner beaucoup.

— Nous irons donc », conclut Florian.

Puis, se tournant vers Théo, il ajouta :

« Mais je crains que nous ne puissions partir sur-le-champ.

— Quand, alors ? quand partirons-nous ? » s'inquiéta le jeune homme.

Florian eut un sourire.

« Pas avant une heure d'ici, répondit-il, est-ce

que cela mettra ta patience à trop rude épreuve ?

— J'ai une dette envers vous, dit Théo, mais je m'en acquitterai, je vous en donne ma parole.

— J'accepte ta parole et j'en mesure la valeur, assura Florian, va donc prévenir les autres. »

Théo se précipita vers la porte.

« Ah ! encore une chose... »

Le jeune homme s'immobilisa et se retourna vers Florian.

« Tu peux me tutoyer », dit celui-ci avec un nouveau sourire.

16

Théo se blottit dans la paille à l'arrière du chariot. La lune était basse et le ciel commençait à pâlir. A côté de lui, Justin, couché en chien de fusil, dormait à poings fermés. A l'avant, Florian tenait mollement les rênes, laissant le cheval aller son pas. Zara, habillée en paysanne, somnolait, la tête sur son épaule. Elle avait tenu à venir avec eux, ainsi que Rina, mais cette dernière, en dépit de ses protestations, avait dû rester à Freyborg pour surveiller la presse et attendre d'éventuels messages de Florian. Stock et Luther, quant à eux, étaient partis en avant sur des chevaux frais. Théo s'était émerveillé de voir avec quelle rapidité Florian avait tout organisé. Cela aussi faisait partie du « métier d'être Florian ». Théo éprouvait au fond de lui de la reconnaissance.

Il avait essayé de remercier Florian, mais celui-ci avait haussé les épaules comme si ce voyage n'eût été en réalité qu'une simple promenade à la campagne. Ce fut d'ailleurs, pendant un temps, l'impression qu'on pouvait avoir, tandis que le chariot bringuebalait le long de routes poussiéreuses bordées de chaque côté d'étendues de chaume. Le matin fut clair et vif ; il amena un air de vacances et Florian était d'excellente humeur.

Un peu plus tard, ils atteignirent une route pavée et bientôt, un panneau indiqua la direction de

Nierkeeping. Mais au lieu d'aller droit vers la ville, Florian mena son cheval dans les bois qui couvraient les collines proches.

Lorsque Théo lui demanda la raison de ce détour, Florian se contenta de répondre :

« Laisse-moi faire. Pour le moment, profite du paysage, c'est l'une des plus belles régions du pays. Les nobles ont ici leurs résidences d'été, leurs pavillons de chasse, et même des maisons paysannes pourvues de tout le confort dont les paysans, eux, n'ont aucune idée. Les nobles s'amusent volontiers à jouer les paysans. Je me demande s'ils trouveraient tout aussi amusant que les paysans se mettent en tête de jouer les nobles. »

Peu après, Florian arrêta le chariot dans une cour, au milieu d'un groupe de maisonnettes cachées par les arbres de la forêt. La maison principale était en bois avec un toit pentu. Plusieurs chevaux occupaient l'écurie et deux autres étaient attachés à proximité d'un puits à la margelle de pierre.

Stock était assis sur un tonneau, près de la porte. En voyant arriver le chariot, il se leva d'un bond et se précipita. Justin et Zara descendirent et pénétrèrent directement dans la maison ; ils semblaient familiers des lieux.

« Tu as des visiteurs », annonça Stock à Florian.

Théo les suivit dans une longue pièce aux murs recouverts de plâtre blanc et dotée d'une immense cheminée. Luther était là, en compagnie d'une douzaine d'hommes que Théo n'avait encore jamais vus. Certains portaient des tenues de chasse, leurs besaces en bandoulière, d'autres des vêtements de paysans. Des carabines et des mousquets étaient alignés dans un coin.

Deux hommes étaient assis à une table, devant les reliefs d'un repas ; le plus jeune, mal rasé, paraissait maussade, l'autre, les cheveux blancs, avait un bras en écharpe. Tous deux étaient sales, leurs vêtements déchirés et couverts de brindilles ou d'épines.

Tout le monde accueillit Florian chaleureusement ; celui-ci adressa un signe de la main à ses compagnons et reporta son attention vers les deux hommes assis à la table. Le plus jeune se leva.

« Je m'appelle Keller, dit-il, nous avons quelques relations communes grâce auxquelles on nous a amenés jusqu'ici. Mais je puis vous dire, monsieur, que vous êtes diablement difficile à trouver.

— J'en suis ravi, répondit Florian, pour mon propre bien, sinon pour le vôtre. J'aurais cependant préféré rencontrer le Vieux Gaspard en des circonstances plus favorables.

— Vous avez donc entendu parler de moi, si loin de Marianstat ? »

L'expression morose de Keller se transforma en un sourire radieux.

« Je considère cela comme un grand éloge. Mon compagnon de voyage, poursuivit Keller, pourrait passer pour l'un de ses propres patients. Il vous expliquera lui-même comment les choses en sont arrivées là. Permettez-moi de vous présenter le docteur Torrens, ancien médecin de la cour, à présent en exil — aussi longtemps qu'il parviendra à rester vivant. Peut-être souhaiterez-vous savoir comment l'improbable association entre un journaliste et un médecin a pu...

— Je voudrais surtout savoir ce que fait ici un homme de la cour, l'interrompit Florian.

— Je puis très facilement vous donner la réponse, déclara le docteur Torrens, je suis sûr de ne pas me tromper en affirmant que vous méprisez Cabbarus autant que je le fais moi-même. Sans doute savez-vous que le roi Augustin est aujourd'hui pratiquement incapable d'assumer sa charge et que jamais plus, peut-être, il ne pourra l'exercer. Ce que vous ignorez en revanche, n'étant pas familier des secrets de la cour, c'est que Cabbarus a conçu le projet de se faire adopter comme héritier par le roi. Pendant six ans, le premier ministre a eu les pouvoirs d'un monarque s'il n'en a pas eu le titre. A présent, il cherche à acquérir le titre autant que le pouvoir. »

Au lieu de partager l'indignation du médecin, Florian se contenta de faire un petit geste dédaigneux.

« Le roi Augustin ou le roi Cabbarus ? Quelle importance ? A mes yeux, docteur, les rois sont tous les mêmes.

— Vous ne pouvez pas croire cela ! s'écria Torrens, ne voyez-vous donc pas la différence entre un souverain et un tyran ? Le premier ministre a mené le pays au désastre. En tant que roi, il sera pire encore. A la cour, la seule personne qui ose s'opposer à lui, c'est la reine Caroline et il se peut que sa vie soit ainsi en danger. Cabbarus ne permettra à personne de se mettre en travers de son chemin. Moi, il m'a banni et a essayé de me faire assassiner.

Mais je ne quitterai pas le royaume ; je cherche des hommes honnêtes pour se joindre à moi et défendre la cause de la reine, je cherche à rassembler des forces pour porter...

— Comprenons-nous bien, l'interrompit Florian, vous avez raison sur deux points. Il n'y a ici, en effet, que des hommes honnêtes et nous avons de Cabbarus la même opinion que vous. Mais quant à défendre votre cause, je n'en vois pas la raison. Nous avons plutôt l'intention de défendre la nôtre.

— Quelle qu'elle soit, répliqua Torrens, cela me semble moins urgent que de mettre fin à l'influence de Cabbarus. Ce gredin doit être renversé sans délai et à tout prix. Il n'y a pas d'autre moyen de préserver la monarchie légitime.

— La préserver ? s'exclama Florian, préserver un pouvoir conféré par les hasards de la naissance ? Un pouvoir qui n'a été ni gagné, ni mérité, mais dont on abuse largement ? J'ai le regret de vous annoncer, docteur, que vous avez commis une malheureuse erreur si vous êtes venu me voir pour ça. La monarchie légitime, dites-vous ? Le seul dirigeant légitime de ce pays, c'est le peuple d'Occiterre.

— Cela, monsieur, n'est qu'un rêve, et je ne le partage pas. Il existe des abus de pouvoir, je ne le nie pas ; il faut les corriger. Mais pas au moyen de la destruction. Si l'un de mes patients s'est cassé une jambe, je soigne la jambe, je ne saigne pas le malade à mort. Je fais ce qui est possible et efficace.

— Moi aussi, dit Florian, vous voulez donc m'inciter à me joindre à vous, mais de combien d'hommes disposez-vous ? Et de combien d'armes ?

— Je n'ai ni hommes, ni armes, répondit Torrens, et vous ? »

Il fit un geste de la main vers les carabines et les mousquets.

« Si c'est là tout votre arsenal, sachez qu'il ne m'impressionne pas.

— Nous espérons l'améliorer dans les prochaines vingt-quatre heures. Nos ressources sont sans doute modestes, mais ce n'est qu'un début. Et maintenant, docteur, je vais vous demander de m'excuser, nous avons un plan à mettre au point. »

Florian avait souvent parlé avec amertume et colère du premier ministre, pourtant, Théo ne l'avait encore jamais entendu s'opposer à la monarchie dans son ensemble. L'idée lui sembla stupéfiante et excitante tout à la fois. Son extraordinaire audace était bien digne de ce qu'il pouvait attendre de Florian. Théo comprit soudain pourquoi il avait voulu lui aussi faire ce voyage à Nierkeeping. La hardiesse de cet homme l'éblouissait. Elle l'horrifiait également.

« Tu vas attaquer la ville ! s'écria Théo, pourtant, tu m'avais dit que tu aiderais mes amis.

— Et c'est ce que je vais faire, répondit Florian, mais crois-tu donc que nous allons simplement entrer dans Nierkeeping en nous promenant et demander poliment qu'on les libère ?

— Non, mais je ne pensais pas que tu avais l'intention de t'y prendre de cette façon. Le sang va couler.

— C'est certain. Le nôtre, et le leur. Nous essaierons d'en faire couler le moins possible, mais nous ne pourrons l'éviter complètement. Eh oui, mon garçon, il y aura peut-être mort d'homme. Nous serions une belle bande d'imbéciles et de naïfs si nous ne nous y attendions pas. Tu veux retrouver tes amis, mes hommes veulent des fusils. Nous ferons donc ce que nous devons faire. Et toi ? »

Théo ne répondit rien. Florian le regarda et dit d'une voix tranquille :

« C'est très simple. Viendras-tu avec nous, ou pas ? Tu as besoin de notre aide, mais nous avons également besoin de la tienne si nous voulons que mon plan réussisse. »

Théo se détourna. Sous le coup de la fureur, il avait instinctivement essayé de tuer l'Inspecteur Royal, mais ce que lui demandait Florian, c'était quelque chose de calculé, d'accepté par avance. Il ne pouvait cependant se résoudre à abandonner Micky, ni même Las Bombas ou Mousquet. Il essaya de deviner comment Anton aurait agi à sa place. Il n'y parvint pas. Il n'avait aucune réponse et aucune réponse ne pouvait le satisfaire. C'était cela, plus que tout le reste, qui le tourmentait. Finalement, sans dire un mot, il hocha la tête en signe d'approbation.

« Tu y arriveras, tu verras, assura Florian, la première fois, c'est toujours plus difficile. »

Pendant ce temps, Stock avait déposé sur la table un coffret de bois d'où il avait retiré des pistolets. Florian en donna un à Théo qui eut un léger mouvement de recul.

« Il ne te mordra pas, dit Florian.

— Je n'en veux pas, répondit Théo.

— Prends-le quand même ; tu n'en veux peut-être pas, mais tu en auras peut-être besoin. Tu sais t'en servir ? »

Théo fit non de la tête.

« Dans ce cas, va avec Justin, il te montrera. »

17

Il faisait encore nuit quand ils quittèrent la ferme : Théo, Justin, Stock et Zara avaient pris place dans le chariot ; Florian et les autres étaient à cheval. A quelque distance de la ville, Zara arrêta le chariot à l'ombre des feuillages, sur une berge recouverte de gravier, au bord d'une rivière. Florian embrassa Zara, donna l'accolade à Justin, Stock et Théo et les deux groupes se séparèrent. Florian prit un autre chemin pour mener ses hommes à Nierkeeping tandis que Théo et les autres poursuivaient la même route, à pied cette fois.

Justin marchait à grands pas impatients, pressant les autres d'aller plus vite ; agacée, Zara lui commanda de se taire. Stock, lui, bâillait et maugréait, mécontent de se trouver dehors au pire moment de la nuit.

Lorsqu'ils eurent franchi les limites de la ville, plus personne ne parla. Théo serrait les mâchoires pour s'empêcher de claquer des dents. La froidure de l'air aux confins de l'aurore le pénétrait jusqu'aux os ; à chaque pas qu'il faisait, la crosse du pistolet s'enfonçait dans son ventre. Se conformant aux indications de Luther, ils empruntèrent une ruelle sinueuse et arrivèrent bientôt sur la grande place. Au milieu était installée une cage à peine plus grande que la silhouette qui s'y trouvait enfermée.

Théo laissa les autres et traversa la place en

courant. La cage empestait comme la tanière d'un animal sauvage. A l'intérieur, un homme grogna : c'était Las Bombas, difficilement reconnaissable. Ses lèvres étaient enflées et craquelées et une barbe naissante couvrait ses joues. Théo s'agrippa aux barreaux. Le comte rentra la tête dans les épaules et se détourna.

Il faisait encore nuit quand ils quittèrent la ferme.

« Laissez-moi, dit-il.

— Ne vous inquiétez pas, murmura Théo, nous allons vous faire sortir de là. »

Le comte changea de position et releva la tête. Sa voix était rauque et grinçante.

« Qui est là ? C'est toi, mon garçon ? »

Il passa les mains à travers les barreaux et effleura le visage de Théo du bout des doigts.

« Dieu miséricordieux, c'est bien toi ! »

Stock et Justin avaient rejoint Théo. Zara les

suivait. Elle s'accroupit, regarda à l'intérieur de la cage, puis fit une grimace.

« C'est ça que nous sommes venus libérer ? demanda-t-elle.

— Silence, Zara, répliqua sèchement Théo, tu connais le plan de Florian. Il a besoin d'une diversion et il en aura une. Mais, de toute façon, cet homme est mon ami. »

Le comte supplia qu'on lui donne à boire. Théo détacha la gourde qu'il portait à la ceinture et la lui tendit. Las Bombas s'en empara et la vida d'un trait.

« Merci, mon garçon, tu m'as sauvé la vie. Les choses se sont mal passées pour nous depuis que tu es parti. Mais à présent que tu es de retour...

— Oh ! je ne vais pas rester. Je travaille à Freyborg, maintenant. J'ai entendu dire que vous aviez des ennuis.

— Ne nous quitte plus, désormais, nous avons

Le comte changea de position...

besoin de toi. Micky est démoralisée, elle ne veut plus faire la prêtresse de l'Oracle. Plus rien n'a marché, même pas le numéro de « l'Évasion du Prisonnier ». Rien n'est plus simple, pourtant : on me met dans une cage qu'on recouvre d'un drap ; un instant plus tard, je m'en suis échappé sans que la serrure ait été forcée, et sans la moindre clef. L'effet est saisissant et tout aurait été à merveille si un imbécile ne m'avait fait ouvrir la bouche. Il y a trouvé le crochet que j'y cachais et dont je me servais pour actionner la serrure. Bande de paysans bornés ! Ils ont prétendu que je les trompais. Et puisque j'avais promis de m'échapper, ils m'ont laissé ici jusqu'à ce que j'y parvienne. Micky a essayé de crocheter la serrure, mais ils s'en sont aperçus et l'ont jetée en prison avec Mousquet pour faire bonne mesure.

— Nous allons nous occuper d'eux dès maintenant et nous reviendrons vous chercher ensuite, dit Théo. Que sont devenus Friska et le carrosse ?

— Ils sont dans l'écurie du forgeron, près de la caserne. »

Théo jeta un coup d'œil à Stock qui approuva d'un signe de tête et partit aussitôt.

« Vous êtes prêts, tous les deux ? » interrogea Zara en se relevant.

Théo suivit Justin, Zara sur ses talons. Ainsi que Luther le leur avait indiqué, la prison se trouvait derrière l'hôtel de ville et ils la découvrirent sans difficulté. Arrivés devant la porte du corps de garde, Théo s'arrêta et attrapa Justin par la peau du cou.

« Tiens-toi tranquille pour l'instant, chuchota-t-il, attends qu'on soit entrés et qu'on ait vu combien ils sont. Ensuite, démène-toi comme un beau diable. »

Zara resta en arrière. Théo resserra sa prise sur le cou de Justin et le poussa par la porte. Un gendarme somnolait à une table. Théo lança un regard à Justin et celui-ci se mit aussitôt à protester et à se débattre furieusement. Surpris, l'officier se leva d'un bond de sa chaise et saisit un pistolet posé devant lui.

« Un voleur ! s'écria Théo sans lâcher son prétendu prisonnier, je l'ai attrapé pendant qu'il essayait de me faire les poches !

— Qui donc êtes-vous ? » interrogea le gendarme en regardant le jeune homme d'un air soupçonneux.

Il brandit le pistolet.

« Vous n'êtes pas d'ici, ni l'un ni l'autre, dit-il.

— Je loge à l'auberge, répondit Théo d'une voix précipitée, je viens juste d'arriver de... de Freyborg. Et j'avais à peine mis un pied en ville que ce gaillard a essayé de me voler. Sa place est en prison, enfermez-le, officier, je porterai plainte contre lui.

— Ça ne me regarde pas, ce n'est pas un de nos voleurs. »

Le gendarme fronça les sourcils.

« Quant à vous, ajouta-t-il, voyons un peu votre permis de voyage. »

A cet instant, Zara fit irruption dans le corps de garde en pleurant et en se tordant les mains.

« Oh ! monsieur, je vous en supplie, c'est mon frère, il ne pensait pas à mal, s'il vous plaît, laissez-le partir. »

L'officier hésita, ne sachant s'il devait s'occuper

en premier de la jeune femme éplorée ou du voleur et de celui qui l'avait capturé. Pour ajouter à sa confusion, Justin se dégagea et Théo lui courut après autour de la pièce, feignant de vouloir le rattraper. Le gendarme fit volte-face, essaya de saisir l'un, puis l'autre. Zara choisit ce moment pour se précipiter derrière la table ; elle souleva la chaise et l'abattit sur la tête du gendarme. Celui-ci tomba à genoux et Théo bondit aussitôt sur lui, le prenant à la gorge.

« Les clefs ! Où ? » s'exclama-t-il.

Le gendarme fit un signe de tête en direction d'un trousseau de clefs pendu au mur à côté d'un râtelier de mousquets. Justin avait entrepris de déchirer la chemise de l'officier.

« Combien d'hommes avec vous ? interrogea Théo.

— Je suis tout seul, répondit le gendarme d'une voix haletante, c'est la garde de nuit, il n'y a personne d'autre. »

Théo lui arracha le foulard de son uniforme et le lui enfonça dans la bouche. Il fit ensuite signe à Zara de le ligoter avec les lambeaux de sa chemise, puis, décrochant le trousseau de clefs, il descendit en courant les quelques marches qui menaient aux cellules. Des portes cloutées s'alignaient le long d'un couloir. Théo essaya les clefs et trouva celle qui ouvrait la première porte. C'était Mousquet qu'on avait enfermé là.

« Filez vite sur la place du Marché, recommanda Théo et restez avec le comte. »

Sans poser de question, le nain s'élança à toutes jambes et monta l'escalier aussi vite qu'il put. Théo

Micky le fixa du regard.

ouvrit alors la porte de la cellule voisine. Micky le fixa du regard. Son visage était hâve et sale. Des brins de la paille qui recouvrait le sol s'étaient accrochés dans ses cheveux.

Théo ouvrit les bras, mais Micky lui jeta un regard hautain et fit un pas en arrière.

« Allons, viens, dépêche-toi ! s'écria le jeune homme, qu'y a-t-il ?

— Ne me touche pas ! répliqua Micky, tu es parti sans dire un mot ! Sans me dire un mot à moi ! Maintenant, tu peux bien aller au diable, je m'en fiche ! »

Attrapant la gamine par les épaules, Théo l'entraîna hors de la cellule et l'obligea à monter les marches. Lorsqu'ils furent dehors, il la saisit par le bras et la tira derrière lui, dans un silence glacé, en direction de la place.

Un coup de feu retentit en provenance de la caserne. Théo aperçut Justin et Zara à côté de la cage ; Mousquet était avec eux. D'autres coups de feu crépitèrent et l'on entendit également un martèlement de sabots. Le jeune homme jeta un coup d'œil derrière lui. Friska galopait sur la place du Marché, le carrosse cahotant derrière elle. Stock, debout sur le siège du cocher, hurlait de toute la force de sa voix. Théo se doutait qu'à présent, toute la garnison de Nierkeeping devait être réveillée ; les soldats, sans doute, déferlaient déjà hors de la caserne.

C'était le moment que Florian et ses compagnons attendaient pour pénétrer dans l'arsenal où étaient entreposées les armes de la troupe. En libérant

Micky et Mousquet, Théo avait attiré les soldats au-dehors et offert ainsi à Florian la diversion dont il avait besoin. A présent, il pouvait s'occuper de délivrer Las Bombas en comptant sur les autres pour l'aider. Quoi qu'il arrive, Florian leur avait ordonné de quitter la ville et de le rejoindre à la ferme.

Micky se dégagea de l'étreinte de Théo et courut vers la cage. Poussant des jurons furieux, elle s'attaqua à la serrure. Pendant ce temps, Stock avait arrêté le carrosse devant eux. Il sauta à terre et s'approcha de Zara. Tout comme Justin, celle-ci avait pris deux mousquets au râtelier du corps de garde. Elle en lança un au poète.

« Au chariot ! s'écria Stock, si la serrure ne saute pas, nous emmènerons le prisonnier dans sa cage. »

Le visage de Micky était maculé de crasse et de sueur.

« Je n'y arrive pas sans outils. Hanno, lui, savait comment s'y prendre, mais pas moi. Il avait bien besoin de se faire pendre, celui-là ! »

Stock fouilla dans une de ses poches et en sortit un canif qu'il lança à la gamine. Micky se remit au travail, mais la lame cassa net. Dépitée, elle cracha par terre et jeta le couteau.

Des soldats commençaient à envahir la place du Marché. Micky se précipita vers Zara et lui arracha son châle retenu par une broche.

« Avec ça, je devrais y arriver », dit-elle.

Elle glissa l'aiguille de la broche dans la serrure et la fit tourner dans un sens puis dans l'autre. La serrure céda, la cage s'ouvrit et Micky poussa un cri de triomphe.

Théo et Mousquet se hâtèrent d'aider le comte à sortir, ce dernier parvenant à peine à ramper hors de son étroite prison. Las Bombas serra Micky contre lui.

« Sois bénie, ma petite cambrioleuse ! dit-il.

— Partez, vous autres, ordonna Théo à Zara, filez d'ici, nous vous rattraperons. »

Las Bombas avait glissé sur les pavés. Même avec l'aide de Micky et du nain, Théo eut du mal à maintenir le comte debout et à le hisser dans le carrosse.

Stock et Zara s'éloignaient déjà, suivis de Justin. Soudain, celui-ci s'arrêta après avoir parcouru quelques mètres et se retourna. Il avait fait glisser de son épaule l'un des mousquets qu'il portait en bandoulière. Ses yeux étincelaient d'une joie terrifiante. Avant que Théo n'ait pu l'arrêter, Justin se jeta à terre et commença à tirer sur les soldats.

« Espèce d'idiot ! s'écria Théo, monte dans le carrosse ! »

Au même moment, Théo aperçut des chevaux qui surgissaient à l'arrière du détachement. Il pensa tout d'abord que la cavalerie était venue en renfort mais il vit que les bêtes n'avaient ni cavaliers, ni selles. Florian ne s'était pas contenté d'attaquer l'arsenal ; avec ses compagnons, il avait également libéré les chevaux des écuries et les avait envoyés galoper, saisis de panique, parmi les soldats.

Menacés d'être piétinés, les hommes rompirent les rangs et se dispersèrent en tous sens. Un officier s'efforçait à grands cris de faire avancer les soldats, frappant du plat de son sabre ceux qui se trouvaient à sa portée. Il parvint ainsi à en regrouper quelques-uns à l'écart des chevaux qui poursuivaient leur course.

L'officier courut vers le carrosse. Justin fit feu à nouveau mais il manqua sa cible ; un instant plus tard, l'homme était sur lui. Justin se releva et tenta de détourner le sabre à l'aide de son mousquet ; la force du coup, cependant, lui fit sauter l'arme des mains et lorsque Théo l'eut rejoint, l'officier levait à nouveau son sabre. Le jeune homme tira Justin de côté, lui évitant de justesse d'être décapité par la lame. Le tranchant s'abattit sur la joue et le front du compagnon de Florian. L'officier se prépara à frapper une troisième fois.

« Tue-le ! s'écria Justin en tournant vers Théo son visage ensanglanté, ses yeux violets jetant des éclairs, tue-le ! »

Théo leva le bras et pointa son pistolet. Il hésita un instant. Justin lui cria de tirer. Théo poussa un hurlement tandis que l'explosion résonnait dans sa tête. Une expression de détresse apparut et se figea sur le visage de l'officier. L'homme chancela puis s'effondra. Théo contempla l'arme qu'il tenait dans sa main. Son doigt n'avait pas bougé sur la détente.

En relevant la tête, il vit Florian. Il était à cheval, tenant en travers de sa selle un mousquet d'où sortait un filet de fumée. Sa longue chevelure était ébouriffée et des traces de poudre noircissaient ses joues. Ses yeux gris fixaient Théo. Il souriait à demi comme s'il eût observé un enfant essayant maladroitement de nouer ses lacets.

Florian fit un signe de tête en direction de Justin.

« Occupez-vous de lui », dit-il.

Il tourna sa monture et repartit en sens inverse. Ses autres compagnons avaient suivi sur la place du Marché les chevaux sans cavaliers, en les dirigeant vers l'extérieur de la ville. Les soldats s'étaient regroupés ; ils tirèrent sur les attaquants qui ripostèrent aussitôt. La troupe de Florian se hâta de battre en retraite, laissant étendus sur les pavés une demi-douzaine d'hommes de la garnison.

Théo jeta son pistolet. Micky se tenait à côté de lui. Tous deux traînèrent Justin vers le carrosse et le hissèrent à l'intérieur. Friska s'élança.

Quatrième partie

Le jardin de Cabbarus

18

Par égard pour son propre rang, le premier ministre s'offrait parfois quelques petits luxes. L'un de ceux-ci consistait en un jardin privé qui lui apportait tout au long de l'année une floraison de renseignements. Fertilisé à grand renfort d'argent que Cabbarus semait généreusement, sa moisson était toujours plus abondante et généralement plus authentique que les rapports laborieux, aux relents de vieux légumes, des gendarmes et des espions de la police. Le premier ministre croyait sérieusement que sa fonction lui donnait droit à ces produits de plus haute qualité et puisqu'il prenait soin de cultiver lui-même son jardin, il ne voyait aucune raison de le partager avec quiconque.

Cependant, même dans le jardin le mieux entretenu la mauvaise herbe pousse parfois ou une plante vient à se flétrir, et Cabbarus éprouvait de temps à autre quelques déceptions. Ainsi, l'homme sur lequel il avait compté pour s'occuper du docteur Torrens ne s'était pas révélé très florissant. Le fait en soi ne troublait guère le premier ministre. De toute façon, il lui aurait fallu, par simple précaution, élaguer le personnage. Ce qui irritait Cabbarus, en revanche, c'était de n'avoir pas la moindre idée du sort qu'avait connu le médecin.

Torrens et son adversaire auraient pu se tuer l'un

l'autre, mais Cabbarus estimait l'hypothèse improbable. On pouvait imaginer que le médecin soit tombé du quai et que les eaux du fleuve l'aient emporté. On n'avait cependant trouvé aucun corps flottant sur la Vespera. Les informateurs du premier ministre n'étaient sûrs que d'une chose : Torrens avait disparu. Mais cette conclusion ne suffisait pas à satisfaire Cabbarus. Seule l'exécution scrupuleuse d'un ordre du premier ministre pouvait en effet garantir la disparition réelle de quelqu'un.

Toutefois, en attendant d'en apprendre davantage, Cabbarus avait décidé de tenir Torrens pour mort — même si le fait n'était pas vrai, le résultat pour l'instant était identique. Le premier ministre devait d'ailleurs s'occuper en priorité du roi Augustin qui lui faisait quelques difficultés.

Le monarque, n'ayant plus le souvenir qu'il avait banni Torrens, commanda un jour qu'on lui amène le médecin de la cour.

« Il a gravement offensé Votre Majesté, rappela Cabbarus, et Votre Majesté n'a eu d'autre choix que de le renvoyer.

— Ça ne fait rien. Je veux à présent qu'il revienne. »

Cabbarus affirma à son souverain que c'était impossible. Pendant plusieurs jours, cependant, Augustin continua à exiger la présence de son médecin. Puis finalement, il abandonna cette idée. Il refusa néanmoins les services de tout autre praticien, même de ceux que Cabbarus lui recommandait hautement. En conséquence, la santé du roi s'améliora d'une manière alarmante.

Son esprit devenait également plus clair. Le premier ministre en rendait responsables les occultistes, nécromanciens et autres spirites, ou plutôt leur absence : depuis quelque temps, en effet, leur constante procession s'était réduite à quelques visites occasionnelles d'une poignée d'entre eux.

« La récompense qui leur est offerte n'est pas suffisante, déclara un jour Augustin, par conséquent, je donne l'ordre que la somme soit doublée.

— Il en sera fait selon les ordres de Votre Majesté », assura Cabbarus en s'inclinant respectueusement.

Étant sûr que cette récompense ne serait jamais obtenue, il lui importait peu qu'elle fût doublée ou même triplée.

« Je vais faire proclamer la nouvelle, dit-il.

— Il faudra ajouter une chose à la proclamation, reprit le roi, puisque nous offrons une récompense en cas de succès, nous estimons qu'il serait juste par ailleurs d'imposer un châtiment en cas d'échec.

— Je ne vous comprends pas tout à fait, Sire. Un châtiment ? De quelle nature ?

— Tous ces hommes qui prétendaient être investis de pouvoirs spirituels m'ont déçu au-delà de ce que je pouvais supporter. Leurs échecs les ont néanmoins enrichis. Mais aujourd'hui, voici ce que j'exige : ceux qui n'obtiendront aucun résultat ne recevront aucun dédommagement.

— Votre Majesté parle à merveille, c'est la seule attitude qui convienne : ils ne seront pas payés.

— Là n'est pas le châtiment, cependant.

— Dans ce cas, quel est-il, Sire ?

— S'ils échouent, déclara le roi, ils seront mis à mort.

— Majesté ! s'exclama Cabbarus, un châtiment d'une telle sévérité...

— A cruelle déception, cruelle punition. Voilà donc ce qu'il faut proclamer, monsieur le premier ministre. Je vous ordonne de le faire. »

Le roi refusa de céder en dépit des protestations du premier ministre. Cabbarus, quelle que pût être son influence, ne parvint pas à le faire changer d'avis. Certes, le premier ministre croyait avec ferveur en la vertu du châtiment, mais dans ce cas précis, une telle décision allait contre ses plans. Il y avait nombre de scélérats prêts à toutes les aventures pour l'appât du gain, et les sots étaient en plus grand nombre encore. Mais trouver une combinaison des deux était une autre affaire. Aucun scélérat ne serait suffisamment sot pour risquer la pendaison en tentant l'impossible. Aussi le châtiment promis en cas d'échec mit-il fin aux visites des charlatans.

Pire, le médecin de la cour avait vu juste : en l'absence de fabulateurs pour entretenir ses obsessions, Augustin recouvra un peu de son ancienne sérénité.

En son for intérieur, Cabbarus ne décolérait pas. La proclamation montrait que le roi commençait à reprendre ses esprits, mais, pour le bien du royaume, le premier ministre souhaitait que le monarque souffrît d'une rechute. Cabbarus savait toutefois que les souhaits se réalisent rarement sans que celui qui les formule y mette du sien. Aussi le premier ministre fit-il savoir dans son jardin secret qu'il avait besoin d'un nouvel arrivage de nécromanciens. Cette fois, cependant, ses efforts ne portèrent aucun fruit.

Pendant des semaines, Cabbarus montra tous les signes d'une humeur joyeuse. De la même façon qu'il dissimulait son contentement sous des mines maussades, il enveloppait sa fureur de sourires. Sa jovialité étonnait les courtisans, mais comme d'habitude, seul Pankratz savait ce qu'il en était en réalité. Un Cabbarus souriant était un Cabbarus dangereux.

En conséquence, Pankratz se montrait d'une extrême prudence à l'égard de son maître. En privé, Cabbarus ne faisait guère d'effort pour cacher ses sentiments : quelque temps auparavant, pour une simple vétille, il avait frappé son conseiller en plein visage. Pankratz s'était contenté de se frotter la mâchoire et de quitter le bureau du premier ministre en multipliant les courbettes. Le bouledogue de Cabbarus savait que les chiens sont destinés à être parfois battus ; acceptant volontiers cette fatalité, il n'en éprouvait que plus de respect pour son maître. Il se chargeait par ailleurs de faire passer sur ses propres subordonnés la mauvaise humeur du premier ministre.

Pankratz prit toutefois la précaution de se tenir à distance lorsqu'il vint annoncer un soir à Cabbarus qu'un individu désirait bénéficier d'une audience privée.

Dans ses appartements, le premier ministre venait d'achever son dîner et cette demande d'entrevue n'était pas faite pour lui plaire. D'une manière générale, il répugnait à traiter directement ses affaires avec les personnages qu'il employait. Il avait l'impression alors de plonger les mains dans quelque chose de désagréable ; aussi préférait-il confier de telles besognes à son conseiller Pankratz.

« Je ne souhaite pas le voir, dit Cabbarus en hochant la tête, recevez-le vous-même.

— Excellence, il insiste. »

Pankratz faisait le dos rond, les mains ouvertes devant lui, dans une attitude à la fois déférente et défensive.

« Il veut vous entretenir de ce que... Votre Excellence a demandé. »

Soudain intéressé, le premier ministre cilla mais conserva un visage impassible.

« Je doute qu'il ait grand-chose à m'offrir, mais puisqu'il insiste, je vous autorise à me l'envoyer. »

Il fit un geste de la tête.

« En bas », ajouta-t-il.

Cabbarus revêtit un long manteau et descendit sans hâte dans l'une des caves du vieux palais Juliana. L'endroit avait servi jadis de salle de torture, mais aucun des instruments utilisés à l'époque n'y avait été conservé. On les avait mis au rebut sous le règne d'Augustin le Grand — un gâchis que Cabbarus n'aurait jamais laissé faire s'il avait eu la charge du gouvernement en ce temps-là. Des anneaux et des arceaux de fer restaient cependant fixés aux murs. Dans un coin, une trappe de bois bouchait une ouverture un peu plus large que le tour de taille d'un homme moyen. Cette trappe cachait un puits profond aux parois sommairement recouvertes de pierres et de mortier.

Le fond du puits était trop sombre pour qu'on pût le distinguer, mais on y entendait couler de l'eau. Le boyau aboutissait en effet à une rivière souterraine dont on n'avait jamais réussi à déterminer exactement le cours. Sans doute se jetait-elle dans la Vespera. Le puits avait servi autrefois à faire disparaître des prisonniers, entiers ou en morceaux, et les dalles qui entouraient la trappe étaient légèrement en pente pour qu'il fût plus facile, lorsqu'on nettoyait le sol de la cave, d'envoyer les balayures dans le trou.

Le roi Augustin IV avait ordonné que l'ouverture du puits fût bouchée à l'aide de briques et ainsi condamnée ; c'était à cette même époque qu'il avait fait taire à jamais les cloches de Juliana. Si l'ordre de ne plus sonner les carillons avait bien été exécuté, celui de murer le puits, en revanche, était resté lettre morte. C'était Cabbarus lui-même qui avait pris la décision de n'y point obéir. Le premier ministre estimait tout à fait injustifié de se priver d'une telle commodité simplement parce que le souverain l'avait rétrospectivement jugé nécessaire.

En attendant son visiteur, Cabbarus se tint près de la trappe qu'il contempla d'un air pensif. Chaque fois qu'il lui arrivait — rarement — d'accorder une audience privée, il choisissait cette pièce comme lieu de rencontre. On ne pouvait se tromper sur l'usage qui en avait été fait jadis et ce décor impressionnant incitait au sérieux ceux qu'il y recevait.

Cabbarus releva la tête lorsque le conseiller Pankratz fit entrer l'homme, puis il alla s'asseoir derrière une table de chêne massif, Pankratz s'éclipsa discrètement. Le premier ministre n'offrit pas de siège au nouveau venu, se contentant de le dévisager en silence pendant quelques minutes.

L'homme était petit et corpulent. De la sueur perlait sur ses joues rebondies. Cabbarus remarqua que sa cape était ornée de fourrure ; il nota également la chaîne d'or que son visiteur portait au cou.

« Je constate que vous avez amélioré votre situation sociale, dit le premier ministre, si je me souviens bien, la dernière fois que vous êtes venu ici, vous étiez un romanichel.

— C'est exact, monsieur, répondit l'homme, c'était utile à l'époque. L'état de conseiller municipal donne cependant plus de poids et de solidité. Il en émane, si je puis dire, un parfum de prospérité. C'est ce qui me convient en ce moment.

— Vous choisissez la profession que vous voulez, mais parlons plutôt affaires. Vous prétendez donc avoir découvert un homme qui fait parler les fantômes ?

— Eh bien, pour être franc. J'en ai peut-être trouvé un, en effet, ou peut-être pas.

— Décidez-vous, répliqua Cabbarus, et décidez-vous vite.

— Il s'agit en fait d'une chose étrange, reprit le visiteur, il y a quelques mois, je me trouvais à Kessel et j'y ai rencontré un escroc qui se faisait appeler Bloomsa, si mes souvenirs sont exacts. L'homme m'a pris pour plus sot que lui et il a eu

Le premier ministre n'offrit pas de siège au nouveau venu...

l'impudence d'essayer de me berner. Je dis bien "essayer".

— Et, bien entendu, c'est vous qui avez fini par le berner.

— Naturellement... »

L'homme s'autorisa un clin d'œil complice.

« Mais ce n'est que le début de l'histoire, poursuivit-il, j'avais oublié l'individu lorsque, quelque temps plus tard, je suis passé par hasard dans la ville de Felden. La rumeur publique ne parlait alors que d'un certain personnage qui avait fait sensation en présentant une fantasmagorie à base d'occultisme : apparitions d'esprits, soi-disant prêtresse délivrant des oracles et autres balivernes du même genre. L'homme avait remporté un franc succès puis soudain, quelque chose s'était passé, j'ignore quoi. Pour quelque mystérieuse raison, la jeune fille qui jouait le rôle de la prêtresse était, paraît-il, devenue ombrageuse. Quoi qu'il en soit, la nouveauté du spectacle finit par passer de mode et il fallut y mettre un terme. Mais le personnage avait entre-temps dépensé des fortunes et ses créanciers commencèrent à le harceler. Ils l'auraient sans nul doute envoyé en prison si le bonhomme ne leur avait épargné cette peine en quittant la ville en toute hâte, au beau milieu de la nuit. D'après ce que les gens me disaient de lui, il ne faisait aucun doute qu'il s'agissait de maître Bloomsa et d'une de ses escroqueries. Au moment où je me trouvais dans la ville, les gendarmes étaient encore en train de perquisitionner l'appartement qu'il avait occupé. Il était parti si vite que les autorités pensaient pouvoir trouver chez lui quelques objets de valeur. Par curiosité, je me suis également mis à fouiner parmi les affaires qu'il avait laissées. C'est une question de flair, monsieur, poursuivit le prétendu conseiller municipal en se tapotant le bout du nez, mon flair me disait que je pourrais bien découvrir quelque chose d'intéressant sans savoir exactement quoi. Je me fie toujours à mon nez, mais cette fois, je craignais qu'il ne m'eût trahi. Il n'y avait rien en effet qui me semblât digne d'attention, sauf une chose que je pris la décision d'emporter. Cette fois encore, je ne savais pas pourquoi ; le flair, toujours le flair. »

La patience du premier ministre était à bout et il était sur le point de conseiller à son visiteur d'aller au diable, lui et son flair. Mais à ce moment, l'homme tira de sous sa cape une feuille de papier froissé et l'étala sur la table.

« D'après les gens de Felden, c'est très ressemblant. »

Le portrait d'une jeune fille était dessiné sur la feuille et le premier ministre dut se faire violence pour demeurer imperturbable.

« Par la suite, reprit l'homme, quand j'ai entendu dire que vous cherchiez quelqu'un qui fasse parler les fantômes, je me suis demandé si maître Bloomsa ne pourrait pas vous être de quelque utilité, notamment grâce à cette fille. »

Absorbé par la contemplation du portrait, Cabbarus entendit à peine ce que son visiteur lui disait. Une fois de plus, il avait eu raison de croire en son étoile. Les bonnes occasions se présentaient toujours chaque fois que c'était nécessaire. Les choses devenaient soudain beaucoup plus simples. Il n'avait plus à se soucier d'obliger la reine à donner son consentement, ni même d'être désigné comme héritier adoptif. La solution était désormais à portée de main. Cabbarus faillit faire quelque chose qui ne lui était guère familier. Il faillit éclater de rire. Il se retint, cependant, et se contenta d'afficher une mine aussi rébarbative que sa joie était intense.

« Où sont-ils, à présent ? » demanda-t-il.

Son visiteur haussa les épaules en signe d'ignorance.

« C'est là que réside la difficulté, monsieur, répondit-il, je ne les ai pas suivis. Si j'avais su que vous aviez besoin de gens de cette espèce, je ne les aurais pas lâchés. Mais maintenant, il faudra peut-être quelque temps pour les retrouver car leur piste se perd dans la nature. C'est donc pourquoi je suis venu demander vos instructions. Si vous croyez que cela vaut d'y consacrer du temps, des efforts... Et de l'argent...

— Trouvez-les, commanda Cabbarus, il me les faut. »

19

De toute évidence, Mousquet savait par expérience comment semer d'éventuels poursuivants et ne se soucia pas de demander le lieu de leur destination. Menant Friska au grand galop, il sortit de la ville puis s'enfonça dans la campagne, montant et descendant des chemins où des conducteurs de chars à bœufs auraient hésité à s'aventurer. Dans le carrosse qui tanguait dangereusement, Justin, étendu en travers de la banquette, perdait son sang en abondance. Micky avait arraché de sa robe une bande d'étoffe et s'efforçait, en dépit des cahots, d'étancher ses blessures.

Micky s'efforçait d'étancher ses blessures.

Théo l'aidait avec des gestes machinaux. La jeune fille lui parlait à peine et la joie qu'il avait ressentie en la retrouvant s'était évanouie. La moitié de lui-même était encore à Nierkeeping ; il revoyait les corps étendus sur la place du Marché et se revoyait lui-même, prêt à faire feu. Justin aussi aurait pu se faire tuer et son visage ensanglanté était comme un reproche silencieux. Théo éprouvait contre lui-même une véritable fureur pour n'avoir pas appuyé sur la détente. Il aurait voulu supplier Justin de lui pardonner, mais celui-ci avait perdu conscience et n'aurait pu l'entendre.

Estimant écarté tout danger d'être rattrapé par les soldats qui s'étaient sans doute lancés à leur poursuite, Mousquet arrêta le carrosse et courut demander à Théo où il voulait aller. Le nain les avait sauvés et perdus tout à la fois. Théo descendit et s'efforça de se repérer dans ce paysage qui lui était peu familier.

Las Bombas profita de cette halte pour se dérouiller les jambes. Son uniforme était froissé et sali, ses joues s'étaient creusées. Il avait toutefois retrouvé suffisamment de force pour brosser le sable qui s'était pris dans sa moustache.

« Tu avais raison, mon garçon, dit-il, l'honnêteté est la meilleure ligne de conduite possible. Finalement, ce séjour dans la cage aura été un bienfait. J'ai subi une humiliation publique et, en privé, je puis te dire que je meurs de faim ! En tout cas, j'ai fait vœu de m'amender si jamais je retrouvais la liberté. L'épreuve a affaibli mon corps, mais fortifié mon esprit. »

Il n'y avait rien à manger dans le carrosse, ce qui donna l'occasion à Las Bombas de continuer à fortifier son esprit. Remontant à l'intérieur, il se résigna à tirer le meilleur profit de son jeûne prolongé. Entre-temps, Justin avait repris connaissance et commençait à s'agiter. Las Bombas le tint alors dans ses bras et l'apaisa avec une douceur dont Théo ne le savait pas capable.

La seule solution, jugea Théo, c'était de revenir en arrière et d'essayer, malgré le risque couru, de retrouver la route de Nierkeeping. Il monta sur le siège du cocher à côté de Mousquet et s'efforça de le guider. La chance et le sens de l'orientation du nain leur permirent de découvrir la route qu'ils cherchaient. Théo reconnut le panneau devant lequel Florian avait changé de direction. Ils suivirent la route dans les collines mais sans doute auraient-ils manqué la ferme si des hommes de Florian postés en sentinelles ne leur avaient montré le chemin.

L'après-midi touchait à sa fin lorsque le carrosse pénétra dans la cour intérieure. Florian se trouvait à l'entrée et bien qu'il fût visiblement soulagé de les revoir, il n'échangea avec eux que de brèves salutations. Ce fut lui qui se chargea de porter Justin à l'intérieur de la maison. Stock, Zara et les autres étaient en train de trier les armes dont ils s'étaient emparés dans l'arsenal.

Le docteur Torrens se tenait debout à côté de la cheminée. Il se précipita aussitôt pour examiner les blessures de Justin, puis demanda des pansements propres et une bassine d'eau.

« Encore du sang, dit le médecin en levant les yeux vers Florian, j'en ai assez vu aujourd'hui.

— Moi aussi, répondit Florian, vous semblez oublier que je me trouvais également à Nierkeeping. Vous vous souvenez, hier, vous n'étiez guère impressionné par notre modeste stock d'armes mais peut-être votre opinion a-t-elle changé aujourd'hui. En tout cas, j'ai perdu trois de mes meilleurs hommes, alors faites votre travail, docteur : je n'ai pas l'intention d'en perdre un quatrième. »

Florian se détourna. Apercevant Micky, il eut un sourire et s'inclina avec grâce.

« Voici donc la jeune dame en question, dit-il.

— Je ne savais pas qu'on se posait des questions à mon sujet, répondit Micky.

— Voici Florian, intervint Théo, sans lui, tu serais toujours en prison.

— Et avec lui, on a failli se faire tuer, répliqua Micky, il est dangereux. »

Florian éclata de rire.

« J'espère sincèrement que je le suis, dit-il, mais seulement pour mes ennemis. Pour votre part, vous êtes en sûreté avec moi. Je suggère que vous alliez voir avec Zara si elle peut vous trouver des vêtements plus agréables à porter.

— Nous avons une dette envers vous, monsieur, déclara Las Bombas, il faut bien dire que vos activités ne vont pas sans quelques... risques. Mais je serais heureux de vous fournir des remèdes de ma composition au prix de gros. »

Florian déclina son offre et Las Bombas reporta alors son attention sur le garde-manger.

Théo prit Florian par le bras.

« Il y a quelque chose que je voudrais savoir à propos de ce qui s'est passé ce matin, dit-il.

— Nous n'aurions pas pu réussir sans toi, répondit Florian, nous avions besoin de tout le tumulte que tu as provoqué pour attirer au-dehors les soldats de la garnison. Tu as retrouvé tes amis, et nous, nous avons des armes et des chevaux. Nous en avons payé le prix. Cela te tracasse-t-il ? Crois-moi, les choses auraient pu être pires.

— Ce n'est pas seulement ça. Il s'agit plutôt de Justin. Tu lui as sauvé la vie.

— Heureusement. Pourquoi ?

— C'est moi qui aurais dû le faire. J'étais là, à côté de lui. C'était à moi de tirer. »

Florian hocha la tête.

« Justin ne se souciera pas de savoir à qui en revient le mérite.

— Oh ! il sera certainement très fier de te devoir la vie. Il n'empêche que l'officier se trouvait face à moi et que j'avais un pistolet.

— Mais tu t'es retenu, je l'ai vu. Fais attention, jeune homme, la prochaine fois, n'hésite pas ; cela pourrait te coûter la vie.

— Justement, toi, tu n'as pas hésité. Tu as tiré sans avoir eu besoin de réfléchir.

— Il y a des choses qu'il vaut mieux faire sans y penser.

— Eh bien, moi, j'ai besoin d'y penser, j'ai besoin de comprendre. Je t'ai raconté ce qui s'est passé à Dorning ; après cela, j'avais juré que plus jamais je n'essaierais de tuer un homme. Il ne faut pas tuer, j'en étais convaincu et je le suis toujours. Mais à présent, je me pose la question. Est-ce que j'en suis convaincu parce que je veux être un homme de bien ? Ou... parce que je suis un lâche ?

— Auquel cas, tu ne serais pas différent des autres. »

Florian eut un sourire désabusé.

« Nous avons tous peur. Et nous avons peur d'avoir peur. Tu t'y habitueras.

— Je ne veux pas m'y habituer ! s'exclama Théo, si j'avais su comment les choses se passeraient...

— Tu ne serais pas allé à Nierkeeping ? Aurais-tu préféré que tes amis restent en prison ? Qu'ils meurent de faim dans une cage ? Et quand bien même tu aurais tué cet officier, quelle importance ? La moitié de son métier consiste à tuer ; l'autre moitié, à être tué.

— Le premier jour où je t'ai rencontré, reprit Théo, quand il y avait cette fête pour l'anniversaire dc Rina, tu m'as dit qu'il n'existait qu'une seule loi : tous les hommes sont frères. »

Florian approuva d'un signe de tête.

« C'est vrai, dit-il, et parfois, les frères s'entretuent. Au nom de la justice. Ou au nom d'une autre cause plus noble encore.

— Mais qui peut décider de ce qui est bien ou pas ? Moi ? Toi ? Le docteur Torrens ? Il est contre toi. Il soutient la monarchie. Mais c'est quand même un homme bon et honorable.

— En effet, répondit Florian, et il est étrange qu'étant roturier, il prenne le parti de la royauté.

Peut-être en sait-il moins que moi à ce sujet ? Je pourrais te raconter l'histoire de paysans que l'on fouette jusqu'à ce qu'ils soient à moitié morts, qu'on force à arracher les mauvaises herbes dans les jardins des aristocrates tandis que leurs propres récoltes pourrissent sur pied, ou qui voient leurs maisons détruites pour aménager un parc d'agrément. Je connais l'aristocratie beaucoup mieux que Torrens. J'y suis né. Eh oui, poursuivit Florian en souriant devant l'expression stupéfaite de Théo, le nom de ma famille te dirait sûrement quelque chose si je le prononçais, ce que je n'ai pas du tout l'intention de faire, soit dit en passant. Cette ferme, justement, appartient à ma famille. Mais elle en possède tant qu'elle a fini par l'oublier et crois-moi, toute ma parenté serait fort mécontente si elle savait à quoi elle sert. Quant au docteur Torrens, qui pense seulement à corriger les abus, il est presque aussi naïf que toi. L'abus de pouvoir appartient au cœur même de la monarchie. Et je puis te dire encore autre chose. Les hommes sont capables de renoncer de bon gré à beaucoup de choses : à leur fortune, à leurs amours, à leurs rêves. Mais au pouvoir, jamais. Il faut le leur prendre. Tu devras choisir ton camp, jeune homme. La monarchie sera aussi impitoyable que moi avec ses ennemis, mais au moins, ma cause est juste.

— Même si la cause est bonne, qu'est-ce que cela fait aux gens qui la combattent ? Et à ceux qui la soutiennent ?

— La prochaine fois que tu verras Jellinek,

répliqua Florian, demande-lui donc s'il a jamais trouvé le moyen de faire une omelette sans casser des œufs.

— Sans doute, admit Théo, mais les hommes ne sont pas des œufs. »

20

Le docteur Torrens appela Florian, qui se hâta d'aller rejoindre le médecin en laissant Théo sans réponse.

« Il est hors de danger, désormais », assura Torrens en baissant ses manches.

Il avait ôté l'écharpe qui soutenait son bras et l'avait roulée en boule au fond de sa poche.

« Mais je crains qu'il garde une vilaine cicatrice.

— Des cicatrices, nous en aurons tous », répondit Florian.

Il s'avança vers la table et demanda aux autres de se rassembler autour de lui.

« Mes enfants, dit-il à Stock et à Zara, nous ferions bien de nous séparer pour quelque temps. Nos honorables adversaires de Nierkeeping m'ont vu d'un peu trop près ; après ce qui s'est passé aujourd'hui, je ne peux même pas prendre le risque de rester à Freyborg. Tous deux, vous serez en sûreté, là-bas, mais moi, la sagesse commande que je disparaisse. Il vaut mieux être recherché que trouvé. Transmettez mon salut à Jellinek. Dites-lui que ses fameuses mixtures, qu'il a la fantaisie d'appeler des ragoûts, me manqueront cruellement. Je vous donnerai de mes nouvelles plus tard. Prenez quelques-uns de ces mousquets avec vous, nous trouverons une cachette sûre pour les autres. Justin restera avec moi. Luther également. »

Florian se tourna ensuite vers Torrens.

« Nous avons des façons différentes de voir les choses, docteur, dit-il, je suggère que pour le moment, ces différences soient enterrées — pardonnez-moi d'utiliser ce terme en m'adressant à un médecin. Nous sommes tous deux recherchés. Si on nous capture, nous serons morts l'un et l'autre. Au moins pouvons-nous tomber d'accord là-dessus. »

Torrens approuva d'un hochement de tête.

« Qui sait, peut-être votre opinion changera-t-elle, répondit-il, ou la mienne, bien que l'une et l'autre hypothèse me semble peu probable. Il se peut, en vérité, qu'un jour vienne où nous nous jugerons l'un l'autre de fort mauvaise compagnie. Mais, en attendant, je viens avec vous.

— Puisque j'ai amené le docteur Torrens jusqu'ici, intervint Keller, je crois que le temps est venu pour l'Ours d'entrer en hibernation ; et pour le Vieux Gaspard de se joindre au docteur et à vous-même.

— Le Vieux Gaspard nous distrairait à coup sûr, dit Florian, mais s'il se tait pour le public, ce serait comme si Cabbarus vous avait pendu. Vous rendriez un meilleur service en continuant de publier votre journal.

— J'en serais heureux, assura Keller, mais sans en avoir les moyens, c'est impossible. Pour commencer, il faudrait que je reste caché.

— Le Vieux Gaspard et son Ours peuvent trouver une tanière sûre à Freyborg, répondit Florian, faites confiance à mes enfants pour cela.

— Même dans ce cas, un journaliste n'est rien sans une presse pour imprimer ce qu'il écrit. D'ailleurs, même quand il en a une, il lui arrive de n'être rien. Mais quoi qu'il en soit, il ne peut s'en passer dans l'exercice de son métier.

— Vous aurez une presse à Freyborg, promit Florian, aurez-vous aussi un imprimeur ? — il lança un regard à Théo. C'est à ce jeune homme d'en décider. Peut-être voudra-t-il d'abord demander à ses amis ce qu'ils en pensent ? Dans ce cas, dépêche-toi, jeune homme. Il faut que nous soyons tous partis avant le lever du jour.

— Pendant ce temps, dit Las Bombas en nettoyant son assiette avec une tranche de pain, je serais heureux de profiter de l'occasion pour m'entretenir avec un confrère.

— C'est de moi que vous parlez, monsieur ? interrogea Torrens en levant un sourcil, je ne savais pas que nous étions confrères en quoi que ce soit.

— Nous sommes tous deux hommes de science, affirma le comte, j'entends, dans nos travaux respectifs. Dans l'immédiat, mes travaux portent sur la nécessité pour mon cocher et moi-même de quitter le pays le plus vite possible. Nous sommes soumis à des pressions un peu trop intenses pour mon confort personnel. La Trébizonie, un royaume qui m'a été longtemps familier du temps où j'étais au service du prince, sera sûrement très heureuse de bénéficier de ma présence. »

Micky venait d'entrer dans la pièce. Zara lui

avait donné une vieille jupe de laine, une veste d'homme et un châle. La gamine sortit de la maison et Théo la suivit, laissant Las Bombas exposer le détail de ses découvertes scientifiques au docteur Torrens.

La nuit commençait à tomber. Les arbres n'avaient pas encore perdu toutes leurs feuilles et leurs branches contournées projetaient des ombres longues et denses en travers de la cour. Théo entendit Mousquet s'affairer à l'écurie et Friska pousser un hennissement.

Micky se tenait à côté du puits. Elle avait ramené le châle sur ses épaules. Théo l'appela. La jeune fille se tourna vers lui et le regarda avec froideur. Elle avait encore maigri et ses vêtements trop amples semblaient l'envelopper comme un faisceau de branches.

« Florian veut que je retourne à Freyborg, dit Théo, c'est là que j'ai vécu depuis que...

— Depuis que tu as filé sans même me dire adieu, coupa Micky, tu m'as fait croire que tu m'aimais bien et là-dessus tu es parti.

— Je ne voulais pas m'en aller.

— Alors, pourquoi l'as-tu fait ?

— J'ai pensé que c'était ce qu'il y avait de mieux. Il y a beaucoup de choses que tu ignores en ce qui me concerne.

— Ça m'étonnerait. Le comte m'a dit pourquoi tu avais décidé de l'accompagner, et Zara m'a raconté le reste.

— Dans ce cas, tu comprends bien pourquoi je ne pouvais pas te demander de venir avec moi. Je

Le jeune fille le regarda avec froideur.

suis considéré comme un criminel ; la police me recherche. Je peux être arrêté à tout moment. A l'heure qu'il est, j'imagine que je serais déjà en prison si Florian ne m'avait pas aidé.

— Tous les gens que je connais sont recherchés par la police, fit observer Micky, ce n'est pas une très bonne raison.

— Eh bien, pour moi, ça l'est. S'ils m'avaient attrapé, ils t'auraient arrêtée aussi.

— Ça n'aurait pas été la première fois. J'ai l'habitude.

— Moi pas. D'ailleurs, je ne suis habitué à rien de ce qui m'est arrivé tous ces derniers temps. Je ne suis pas habitué à berner des naïfs ou à faire semblant d'être un sauvage du haut Brésil...

— Pourtant, tu étais parfait dans ce rôle. »

Pour la première fois depuis qu'ils s'étaient revus, Micky eut un sourire.

« Quand j'ai rencontré le comte, dit Théo, j'ai pensé que j'allais avoir l'occasion de voir le reste du monde. C'était ça que je voulais, en fait. Et non pas escroquer les gens avec des bouteilles d'élixir remplies dans l'eau d'un fossé ou prétendre faire apparaître des fantômes. Encore moins essayer de tuer quelqu'un. Et pourtant j'ai fait tout cela. Même pour te sortir de prison, il a fallu que je mente comme un voleur. Et le pire, c'est que ça ne m'a pas gêné le moins du monde. Quel genre de personnage suis-je devenu ?

— Tu n'es pas différent des autres, répondit Micky, croyais-tu donc le contraire ?

— Je ne sais pas. Je ne sais plus qui je suis.

— Dis-le-moi quand tu auras trouvé. Puisque tu as tellement envie de voyager, j'imagine que tu vas encore t'en aller je ne sais où ?

— Oh ! je ne suis pas pressé. Pour le moment, j'ai du travail qui m'attend à Freyborg.

— C'est très bien pour toi, dit Micky, et tu n'as pas besoin de te demander ce que je vais devenir.

— Je pensais... J'étais sûr que tu voulais rester avec le comte et Mousquet.

— Tu aurais pu au moins poser la question.

— Est-ce que tu veux venir à Freyborg avec moi ? »

Théo avait entendu sa propre voix, mais elle n'était pas sortie de sa bouche, elle avait semblé provenir du fond du puits. Tout d'abord interloqué, il mit quelques instants à comprendre que Micky venait à nouveau d'exercer ses talents. La jeune fille riait.

« Je ne suis pas la tête phrénologique, protesta Théo en éclatant de rire à son tour, tu n'as pas besoin de me faire dire les choses.

— Tu ne les disais pas de toi-même.

— Très bien, je vais les dire à présent : est-ce que tu veux venir avec moi ? Tout le reste m'indiffère. Florian veut renverser la monarchie, Torrens veut la remettre d'aplomb et le comte a décidé que ses prochaines victimes seraient les Trébizoniens. Moi, tout ce que je veux, c'est... Je ne veux plus que nous nous séparions. »

Théo crut qu'elle riait toujours lorsqu'il prit Micky dans ses bras. Il fut alors surpris de découvrir ce qu'il n'avait pu voir dans la nuit tombante : les joues de la jeune fille étaient humides.

« Déjà que je pleure pendant mon sommeil, dit Micky, maintenant, voilà que je pleure aussi quand je suis éveillée ! »

21

Aux premières lueurs du jour, Florian et ceux qui l'accompagnaient firent leurs adieux. Justin, le visage blême et entouré d'un pansement, mais l'air très fier de lui, montait un des chevaux de la cavalerie de Nierkeeping. Florian, lui, avait choisi pour monture une jument baie sur le dos de laquelle il avait disposé une couverture en guise de selle.

« Débrouille-toi bien, jeune homme, dit-il à Théo, je compte sur toi pour ça. »

Théo, debout dans la cour de la ferme, les regarda s'éloigner. Florian ne lui avait pas encore accordé l'honneur de l'appeler son enfant et le jeune homme ne savait pas s'il devait le regretter ou s'en réjouir.

Zara, Stock et Keller partirent peu après. Théo et Micky auraient pu prendre place avec eux dans le chariot, mais Las Bombas, en souvenir du bon vieux temps, insista pour les emmener à Freyborg dans son carrosse. Tandis que Mousquet attelait Friska, Théo resta à côté de Micky. Tous deux n'avaient cessé de parler depuis le petit déjeuner en utilisant le langage des signes qu'ils avaient mis au point et personne autour d'eux ne s'était aperçu que malgré leur silence, ils avaient passé leur temps à bavarder comme des pies.

Théo avait fini de se tracasser. Il était heureux et il n'y avait plus de place dans son esprit pour ses soucis habituels. Il avait hâte à présent de montrer à Micky son cagibi de la rue du Foirail, la taverne de Jellinek et la presse qu'il avait construite, comme s'il se fût agi de trésors spécialement amassés pour elle.

Las Bombas avait échangé son uniforme mis à mal contre la djellaba du docteur Absalon. Il avait bien dormi, mangé encore mieux, et la façon dont sa moustache était taillée lui donnait un air bravache.

« J'insiste pour que vous réfléchissiez, dit-il à Micky et à Théo lorsqu'ils montèrent dans le carrosse, la Trébizonie est un pays fascinant. Et je te promets, mon garçon, qu'il n'y aura ni oracles, ni ondines, ni même élixir du docteur Absalon. Je suis décidé à suivre le chemin de la vertu. Il ne sera pas trop encombré. »

Voyant que son pouvoir de persuasion restait sans effet, Las Bombas poussa un soupir et se blottit dans un coin de la banquette. La journée promettait d'être fraîche et ensoleillée. Mousquet fit avancer Friska au pas, cherchant un chemin qui les mènerait en direction du nord sans les obliger à se rapprocher de Nierkeeping.

Le sens de l'orientation du Cocher du Diable fit à nouveau merveille et, avant midi, ils trouvèrent une excellente route qui passait à plusieurs lieues au nord de Nierkeeping. Par chance, il y avait un relais au croisement. Friska avait besoin d'avoine et d'eau, et Las Bombas de quelque chose de plus substantiel. Mousquet arrêta le carrosse devant l'auberge mais le comte se rappela alors qu'il souffrait à nouveau d'une vieille douleur :

« Je n'ai plus un sou, dit-il, l'honnêteté a tendance à réduire les disponibilités d'argent. Mais attendez, voici peut-être la solution : ma pierre extraite de la montagne de la Lune, dans le Kazanastan. Avec ça, on pourrait payer la rançon d'un roi. Si je me souviens de l'endroit où je l'ai mise, je consentirai à m'en séparer pour une somme modeste. »

Il fouilla dans une boîte sous la banquette et finit par en extraire le caillou noir de la taille d'un œuf que Théo reconnut pour l'avoir déjà vu lors de leur première rencontre. Les bonnes résolutions du comte étaient encore trop récentes et leur mise en pratique insuffisante pour avoir modéré son appétit. Refusant de prêter l'oreille aux objections de Théo, il entra donc dans la grande salle du relais. Micky et Théo le suivirent à contrecœur, Mousquet sur leurs talons.

Il n'y avait pas grand monde dans l'auberge et le choix d'éventuels acheteurs était maigre. Assis à l'une des tables, quelques voyageurs jouaient aux dominos. L'un d'eux, à en juger par les piles de pièces disposées devant lui, était en train de gagner largement. Las Bombas qui s'apprêtait à s'approcher du groupe s'immobilisa soudain et dévisagea le gagnant, un homme replet qui portait une chaîne d'or autour du cou.

« Tu vois cette canaille, dit le comte en serrant le bras de Théo, ce gredin assis là à faire le fanfaron ? »

Théo mit quelques instants à se rappeler l'auberge de Kessel et le faux conseiller municipal.

« Il m'a volé, cette nuit-là, tu te souviens ?

marmonna Las Bombas, eh bien, maintenant, il va me le payer, et avec des intérêts. Finalement, il y a quand même une justice en ce bas monde. Savoir pardonner est une vertu, mais je lui pardonnerai un autre jour. Le misérable ! Il a sûrement trouvé le moyen de truquer les dominos pour dépouiller ces innocents voyageurs. Ils me seront reconnaissants de les avoir avertis.

— Laissez-le tranquille, murmura Théo, ce n'est pas le moment de faire du scandale. Sortons d'ici, nous trouverons une autre auberge. »

Las Bombas, cependant, se dirigeait déjà vers la table. Les pans de sa djellaba flottant derrière lui, il brandit le poing.

« Messieurs, dit-il, je dénonce cet individu pour ce qu'il est : un tricheur et un imposteur ! Il m'a escroqué une fortune il y a quelque temps et il est en train de faire la même chose avec vous. Il se prétend conseiller municipal, n'est-ce pas ? Mais il n'est rien de plus qu'un joueur de bonneteau ! Lève-toi, Skeit, et ose dire que ce n'est pas la vérité ! »

L'éclat du comte fit se lever joueurs et spectateurs. Les perdants approuvèrent bruyamment Las Bombas, les autres, voyant un gentilhomme prospère insulté par un personnage grossier vêtu d'une djellaba mitée, prirent la défense du conseiller municipal. Le patron de l'auberge se précipita vers la table en faisant de grands gestes et exigea que ses clients aillent régler leurs comptes dehors.

Pendant tout ce temps, Skeit était resté assis sans se départir de son calme, contemplant Las Bombas d'un air réjoui. Loin d'être embarrassé par les accusations du comte, il rayonnait. « Mon cher monsieur ! s'exclama-t-il, mon cher... Bloomsa, c'est bien cela ? Quelle heureuse rencontre ! Pour tout vous dire, j'espérais que nos routes se croiseraient à nouveau, et en fait, je me suis donné bien de la peine pour qu'il en soit ainsi. Tôt ou tard, je vous aurais retrouvé, mais vous venez de m'épargner des efforts inutiles. Croyez-moi, vous partagerez très bientôt le bonheur que j'éprouve en cet instant. Car, mon bon Mynheer, vous n'allez pas tarder à gagner une véritable fortune. »

A ce mot, Las Bombas dressa l'oreille. Il hésita un instant puis lança un regard furieux au prétendu conseiller municipal.

« Vous ne me détournerez pas de mon devoir ! s'écria le comte, une fortune, dites-vous ? Non, ne croyez pas que vous pourrez vous tirer d'affaire en essayant de me corrompre. D'un autre côté, étant un homme juste et raisonnable, je tiens, par souci d'équité, à vous laisser plaider votre cause. Mais cela devra se faire en privé. »

Le tumulte avait attiré les autres clients vers la table où l'on se querellait. Un capitaine de l'armée se fraya alors un chemin jusqu'à Las Bombas et le dévisagea.

« Il me semble, monsieur, que nous nous connaissons, dit l'officier.

— Comment ? »

Le comte lui jeta un bref coup d'œil.

« Pas le moins du monde, assura-t-il, soyez assez aimable pour nous laisser. J'ai des affaires à traiter avec monsieur.

— Pourtant, je vous reconnais, insista le capitaine, vous êtes le général Sambalo, et ce jeune homme est votre serviteur ; mais si je me souviens bien, il était trébizonien. Et vous, vous n'êtes plus en uniforme.

— Mon uniforme ? Chez mes tailleurs, pour une retouche », répliqua le comte d'une voix étouffée.

Adoptant une pose toute militaire, il regarda le capitaine droit dans les yeux.

« Je voulais simplement mettre votre mémoire à l'épreuve, reprit-il, un officier doit toujours être attentif. Je vous félicite, capitaine, j'enverrai à vos supérieurs un rapport élogieux à votre sujet.

— Je vous demande pardon, mon général, répondit l'officier, mais l'ordre public a été troublé. Je vous ai entendu accuser cet individu. Je présume, mon général, que vous allez porter plainte contre lui. Je m'occuperai personnellement de cette affaire.

— Ce n'est pas nécessaire, je m'arrangerai directement avec lui.

— Je vous demande à nouveau pardon, mon général, poursuivit l'officier, mais il y a encore une question à régler. Simple formalité : puisque vous êtes en civil, j'ai le devoir de vous demander vos papiers.

— Excellent, répliqua le comte, vous êtes un officier consciencieux, mes papiers sont dans mon uniforme.

— Mon général, les ordres sont les ordres. Un grave incident s'est produit à Nierkeeping, et sans justification d'identité, je serais contraint de mettre en état d'arrestation le maréchal en personne. Je ne

« Mon général, les ordres sont les ordres. »

puis aller contre le règlement. Vous êtes, mon général, mieux placé que quiconque pour le comprendre.

— Je vous ferai passer en cour martiale ! s'exclama Las Bombas, en état d'arrestation, voyez-vous cela ? Je veillerai à ce que vous soyez rayé des cadres de l'armée !

— Le capitaine commet une petite erreur, intervint Skeit, il ne va arrêter personne.

— Ce n'est pas votre affaire, répliqua l'officier, taisez-vous ou c'est vous que je vais arrêter. »

Dans la malheureuse situation où il se trouvait d'êtrc en désaccord avec un supérieur, le capitaine était soulagé de pouvoir vitupérer un civil.

Skeit sortit alors un papier de sa poche.

« Lisez ceci, dit-il au capitaine, reconnaissez-vous la signature et le sceau ? »

L'officier examina le document et porta aussitôt

la main à sa tempe dans un salut impeccable. Skeit hocha la tête.

« Vous comprendrez donc que j'ai toute latitude d'agir. Cet homme et ses compagnons sont en effet en état d'arrestation. Mais par mon ordre, pas par le vôtre. C'est moi qui les prends en charge.

— A vos ordres, monsieur. La jeune fille également ?

— Tous, répondit Skeit, et surtout la jeune fille. »

22

« Capitaine, allez immédiatement faire votre rapport à votre officier supérieur et dites-lui que j'ai besoin d'une escorte armée pour moi-même et mes quatre prisonniers », commanda Skeit.

Les joueurs de dominos, peu soucieux de se trouver impliqués dans une fâcheuse affaire, prirent la précaution de s'éclipser. Le faux conseiller municipal tira un pistolet de sous sa cape.

« C'est scandaleux ! s'indigna Las Bombas, cet homme est un mystificateur. Toute latitude d'agir ? En réalité, ce morceau de papier est un faux. Je vous préviens, capitaine, j'ai des relations au plus haut niveau. »

Les protestations du comte n'eurent cependant aucun effet sur l'officier qui tourna les talons et sortit de l'auberge pour exécuter les ordres de Skeit. S'il avait été le seul à être arrêté, Théo aurait été moins surpris. Pendant des mois, il avait vécu dans la crainte de cet instant ; pourtant, Skeit lui avait à peine accordé un regard. En revanche, il ne quittait pas Micky des yeux.

La jeune fille ne semblait pas inquiète. Elle resserra son châle autour de ses épaules, puis elle eut un mouvement de surprise et concentra son regard sur un point situé derrière Skeit. Elle esquissa alors un sourire.

« Ne bougez plus ! ordonna une voix, restez

immobile ou vous êtes un homme mort. Jetez votre arme à terre. »

En cet instant, Théo fut persuadé que la ruse de Micky allait les sauver. Skeit se raidit, une expression de fureur apparut sur son visage, mais il laissa tomber le pistolet sur le sol, et Mousquet se précipita pour ramasser l'arme. Skeit s'était retourné pour faire face à celui qui prétendait le tenir en joue ; ne voyant personne, il ne prit pas le temps de se demander comment il avait été berné. Avec une rapidité que n'aurait pas laissé soupçonner son embonpoint, il écrasa de sa botte les doigts du nain qui s'apprêtait à saisir le pistolet. Mousquet poussa un hurlement de douleur. Skeit lui décocha un coup de talon dans les côtes, puis s'empara de l'arme. Oubliant toute prudence, Théo se jeta alors sur l'homme et cria à Micky de s'enfuir.

Entre-temps, le patron de l'auberge avait empoigné un mousquet posé près de la cheminée et en pointait le canon sur la jeune fille.

« Ne vous mêlez pas de ça ! s'exclama Skeit, c'est mon affaire. »

Le soi-disant conseiller municipal avait repoussé Théo et lui appuyait à présent le canon de son pistolet contre la tempe.

« Maintenant, écoutez-moi, vous tous, marmonna-t-il entre ses dents serrées, je ne veux pas vous faire de mal, mais de toute façon, vous ne m'échapperez pas, quoi qu'il arrive. Quant à celui-ci, ajouta-t-il en désignant Théo, il vous a aidé à vous échapper de Nierkeeping. Je le sais et la façon dont je l'ai appris ne vous regarde pas. Il est mêlé à une bande de rebelles et je peux très bien le livrer aux autorités militaires à l'instant même. Ils le colleront contre un mur pour le fusiller. Mais si vous préférez venir avec moi gentiment et sans faire d'esclandre, la situation de ce garçon restera un secret que nous serons les seuls à partager. C'est une proposition équitable ; qu'en pensez-vous ? »

Las Bombas approuva d'un signe de tête maussade. Skeit baissa alors son arme et sourit d'un air ravi, comme s'il venait de conclure une transaction délicate, mais profitable.

« Très bien, je vois que nous nous comprenons, dit-il, soyez sans crainte, tout ira au mieux de vos intérêts. Et des miens.

— Qu'est-ce que vous attendez de nous ? interrogea Théo.

— Moi ? Rien du tout. Mais il y a d'autres gens qui ont quelques idées à votre sujet. »

Skeit fit un clin d'œil.

« Vous devrez toutefois leur demander vous-même de quoi il s'agit.

— J'aurais dû t'écouter, mon garçon, soupira Las Bombas, j'aurais dû laisser ce serpent à ses manigances. Ah ! comme je regrette d'avoir choisi la voie de l'honnêteté ! »

Après avoir menacé le patron du relais et les autres témoins de leur faire lui-même sauter la cervelle si jamais ils venaient à raconter ce qui s'était passé, Skeit ordonna à l'aubergiste apeuré de lui préparer des paniers de provisions.

Ils étaient prisonniers, rien ne permettait d'en douter, mais Théo ne comprenait pas clairement la nature de leur captivité. Lorsque le capitaine revint avec une escorte de soldats à cheval, Skeit se donna le plus grand mal pour assurer le confort de ses prisonniers. Il exigea qu'on lui apporte des édredons et des couvertures pour qu'ils n'aient pas froid au cas où le temps viendrait à fraîchir. Par ailleurs, il s'abstint de les attacher, contrairement à ce que Théo avait imaginé et il leur affirma même d'un ton fort aimable qu'ils devaient se considérer comme ses invités.

Ils furent autorisés — en fait obligés — à voyager dans le carrosse, mais Skeit interdit à Mousquet de prendre les rênes et se chargea lui-même de mener Friska. La jument se montra cependant si ombrageuse en sentant une main étrangère la diriger que Mousquet dut sortir du carrosse et reprendre sa place sur le siège du cocher. Théo espérait que le Cocher du Diable saisirait une occasion de s'enfuir, mais les cavaliers qui les entouraient les serraient de trop près pour permettre une telle éventualité.

Parfois, Skeit s'asseyait à côté du nain pour lui indiquer quand et où il convenait de faire halte : à l'auberge d'une petite ville, ou dans un relais le long de la route, selon les cas. Mais le plus souvent, le conseiller municipal restait à l'intérieur du carrosse, où sa présence rendait impossible toute conversation personnelle entre ses prisonniers.

Théo et Micky avaient toutefois la faculté de communiquer sans être entendus grâce à leur langage par signes, et lorsque Skeit somnolait ou regardait par la fenêtre, les mains de Micky remuaient imperceptiblement.

« Je peux essayer de lui prendre son pistolet, dit-elle à Théo en agitant rapidement les doigts.

— Trop dangereux, répondit le jeune homme de la même manière.

— Alors, que faire ?

— Je ne sais pas. Attendons. Soyons prudents. Notre chance viendra peut-être. »

L'air désespéré de Théo n'avait cependant pas besoin de langage pour être compris.

Skeit, pour sa part, se montrait d'excellente humeur. Sûr de bien tenir ses prisonniers, son visage s'éclairait un peu plus à chaque kilomètre parcouru. Peu à peu, il devint loquace et expansif, comme s'il partageait avec quelques amis les joies d'un agréable voyage.

« Tenez-vous tranquille, espèce de vipère, grommela enfin Las Bombas, je ne peux déjà pas supporter de vous voir en face de moi, alors épargnez-moi au moins vos bavardages. »

Skeit lui adressa un regard peiné.

« Mon cher monsieur, vous verrez que vous me serez reconnaissant, assura-t-il. Vous ne vous en rendez pas encore compte, mais je suis en train de vous ouvrir les voies de la fortune. »

Las Bombas haussa les épaules avec dédain. Le petit homme eut un clin d'œil complice.

« Si, si, croyez-moi, reprit-il, vous pouvez avoir confiance, lorsque tout sera terminé, vous serez un homme passablement riche. Ou passablement mort », ajouta-t-il d'un ton enjoué.

Toutes les fois que cela lui convenait, Skeit n'hésitait pas à réquisitionner une auberge entière et à en payer le prix. Usant du pouvoir que lui conférait le document dont il était porteur, il ordonnait aux autres clients d'aller se loger ailleurs. Il choisissait ensuite la chambre la plus vaste et y installait ses prisonniers. Des soldats se relayaient alors pour monter une garde constante devant la porte et à l'intérieur même de la pièce.

Théo eut beau se torturer la cervelle et Micky se rappeler toutes les finesses de l'art du cambriolage, il leur fut impossible d'imaginer un plan d'évasion. Il fallait se rendre à l'évidence : toute tentative de fuite était vouée à l'échec. Mais il y avait autre chose qui tourmentait Théo encore davantage : les cauchemars de Micky étaient revenus.

Les soldats, ayant reçu l'ordre de ne pas parler à leurs prisonniers, restaient impassibles et silencieux tandis que, sous leurs yeux, la jeune fille endormie s'agitait dans de violentes convulsions, pleurait et hurlait. Lorsque Théo esquissait un geste pour s'approcher d'elle, un soldat pointait aussitôt sur lui son mousquet.

Les étapes de leur voyage devinrent de plus en plus fatigantes. Skeit semblait désormais impatient d'arriver. Un matin, il les fit lever bien avant l'aube et ordonna à l'escorte de forcer l'allure. Dans le carrosse, il prit soin de fermer les rideaux de telle sorte qu'on ne pût rien voir au-dehors. Théo finit par ne plus se préoccuper de savoir s'il faisait jour ou nuit. Lorsque le carrosse s'arrêta enfin et que Skeit, claquant des doigts, fit descendre ses prisonniers, le jeune homme constata que le soir tombait. Ils se trouvaient dans une cour, entre deux hauts bâtiments. Micky, à moitié endormie, frissonnait à ses côtés. Las Bombas se mit alors à ciller comme s'il n'en croyait pas ses yeux.

« Ce n'est pas possible, murmura-t-il, ce ver de terre nous a amenés à Marianstat, au palais Juliana. Voici le clocher. Je l'ai souvent vu — de l'extérieur, j'entends. Aucune erreur possible, c'est bien là que nous sommes. Mais... à l'intérieur... »

A ce moment, un homme trapu aux jambes arquées et vêtu d'un habit de cour s'approcha de Skeit.

« La marchandise est livrée, déclara celui-ci, conformément aux instructions.

— Et c'est ça ? » demanda le courtisan en regardant Las Bombas et ses compagnons d'un air dégoûté.

L'homme tendit une bourse à Skeit qui s'empressa de la faire disparaître sous sa cape.

« A présent, filez, dit le courtisan, ne vous montrez plus ici, votre travail est fait, mais vous auriez quand même pu les laver avant que le premier ministre ne les voie. »

Théo sentit la main de Micky étreindre la sienne. Avant qu'il n'ait pu s'interroger sur ce qu'il venait d'entendre, un détachement de gardes du palais les encercla. Ils furent alors conduits dans l'ancienne forteresse, puis le long d'un couloir. Le courtisan aux jambes arquées marchait en tête et leur fit bientôt signe d'entrer dans une pièce à l'ameublement sommaire. Derrière une table était assis un homme vêtu d'une longue robe noire. Il examinait une liasse de papiers et ne consentit à interrompre son travail qu'au bout de plusieurs minutes. Enfin, il leva les yeux vers ses visiteurs.

« Je crois avoir compris que vous veniez de nos provinces du Nord. J'espère que le voyage n'aura pas été trop fatigant ? »

Cabbarus souriait.

23

Théo se serait attendu à voir un monstre, mais il n'avait en face de lui qu'un homme maigre, au visage émacié, aux lèvres minces, un homme qu'il aurait pu prendre pour un fonctionnaire de mairie ou un notaire. Soudain, pourtant, il sentit dans sa bouche un goût âcre et désagréable comme s'il eût posé sur sa langue une vieille pièce de monnaie. Une odeur répugnante de pouvoir émanait du personnage et flottait dans l'air tout autour de lui. Théo fut pris de vertige. Il pensa que c'était la haine qui lui serrait la gorge à l'en étouffer jusqu'au moment où il comprit que c'était plus encore de la terreur. Toujours souriant, Cabbarus observa chacun des prisonniers. Ce fut sur la jeune fille que son regard se posa en dernier. Il fit un léger signe de tête, tandis que les joues de Micky prenaient une teinte grisâtre. Un son grêle monta de sa gorge et elle se mit à frissonner violemment. Craignant qu'elle ne tombe, Théo lui tint le bras.

« La jeune personne a-t-elle besoin d'aide ? demanda Cabbarus, j'aurais dû prévoir une collation. Veuillez pardonner ma négligence, mais je suis resté à mon bureau toute la journée. Le conseiller Pankratz veillera à vos besoins. »

Las Bombas fut le premier à retrouver l'usage de sa voix.

« Je crois, monsieur, qu'il y a eu un déplorable

malentendu, une sorte d'erreur judiciaire. Nos vies ont été menacées et nous avons été amenés ici comme prisonniers sans aucune raison concevable.

— La raison, répondit Cabbarus, est très simple, C'est moi qui ai donné cet ordre. Mais peut-être l'individu qui avait la charge d'exécuter la mission a-t-il fait preuve d'un zèle excessif, car vous n'êtes pas prisonniers. »

Las Bombas poussa un soupir de soulagement. Cabbarus leva la main pour signifier qu'il n'en avait pas terminé et poursuivit :

« Vous n'êtes pas *nécessairement* prisonniers. C'est un point qui reste à établir. J'ai étudié plusieurs jours durant un certain nombre de rapports et j'ai découvert que de graves chefs d'accusation pesaient sur ce jeune homme. Coups et blessures, tentative de meurtre, rébellion armée... La liste est longue. »

Cabbarus feuilleta ses papiers.

« Quant à vous, reprit-il en s'adressant à Las Bombas, il n'y a pas longtemps, une bande de rebelles a attaqué la garnison de Nierkeeping. Or, j'ai été amené à conclure que vous étiez présent dans la ville à ce moment-là.

— J'étais enfermé dans une cage ! protesta le comte, et mes collègues ont été...

— Libérés par ces mêmes rebelles, coupa Cabbarus ; si l'on s'en réfère strictement au texte de la loi, vous vous trouviez donc sur le lieu où s'est perpétré un crime de sang au cours duquel près d'une douzaine de soldats ont trouvé la mort. Et vous n'avez rien fait pour l'empêcher. Vous n'avez offert aucune assistance aux autorités, vous n'avez fourni aucun renseignement. La justice devra examiner votre conduite avec sévérité. Et le tribunal n'aura en fait d'autre choix que de vous condamner au châtiment suprême. Je suis cependant disposé à ordonner que soient abandonnées toutes les charges qui pourraient être retenues contre vous. Dans ce cas, vos associés et vous-même seriez libérés et vous recevriez même une généreuse récompense. Tout dépend pour cela de la façon dont vous saurez me servir. Un service qui est également un devoir.

— Je n'ai aucun devoir envers vous, intervint Théo, j'ai effectivement commis les délits dont on m'accuse. Il est vrai que je suis coupable d'une tentative de meurtre. Mais vous, vous êtes allé bien au-delà de la tentative.

— Tais-toi, pour l'amour du Ciel, murmura le comte, si nous avons une chance de nous en sortir, ne la gâche pas. »

Cabbarus ne s'irrita pas de l'éclat du jeune homme. Il parut peiné, en revanche.

« Je sais, dit-il, que certains m'accusent de sévérité. Mais ceux-là ne comprennent pas que la justice se doit d'être sévère pour servir des causes plus ambitieuses. Lorsque les fondements mêmes du royaume sont en jeu, accomplir son devoir avec constance et abnégation devient la plus noble des vertus. Et croyez que le bien du royaume est mon unique souci. »

Le premier ministre se tourna ensuite vers Las Bombas.

« Permettez-moi de vous parler avec une grande franchise, poursuivit-il, il n'est un secret pour personne que le roi Augustin est gravement malade. Sa Majesté n'a jamais cessé de pleurer la disparition de sa fille et son chagrin est tel qu'elle n'est plus en mesure de gouverner. Or, je crois que vous possédez certains talents ; eh bien, je vous demande de mettre ces talents au service de votre souverain.

— Cher monsieur, s'écria Las Bombas, je considère cela comme un honneur ! Si j'avais su que c'était là ce que vous souhaitiez, je me serais présenté ici de mon plein gré. Dites-moi seulement ce qu'il faut faire. Désirez-vous que je traite Sa Majesté par une cure d'Élixir du docteur Absalon ? C'est une préparation qui a fait des merveilles chez les humains comme chez les bêtes et qui ne sera pas moins efficace pour un roi. J'ai également en ma possession une pierre du Kazanastan aux propriétés tout à fait remarquables. Si vous préférez cependant des bains d'eau magnétisée...

— Cochonneries, l'interrompit Cabbarus.

— Je vous demande pardon ?

— Cochonneries, répéta le premier ministre, vous n'êtes qu'un charlatan des plus communs, un imposteur, un méprisable escroc...

— Oui, et un homme meilleur que vous ! s'écria Théo avant que Mousquet, rougissant d'indignation, n'ait eu le temps de prendre la défense de son maître, vous parlez de vertu et de devoir, mais vous les avez transformés en mensonges.

— Mon garçon, je t'en supplie, tais-toi, implora le comte, laisse-le me traiter de ce qu'il lui plaira. S'il veut quelque chose que je puisse lui fournir et

Elle resta là, figée, le regard terne.

que cela nous sauve de la pendaison, écoutons ce qu'il a à dire. »

Théo se rendit soudain compte que Micky ne se trouvait plus à ses côtés. Cabbarus, sans prêter attention aux paroles du jeune homme, porta son regard derrière lui, vers un coin de la pièce.

« Allez chercher la jeune fille », dit-il.

Il y avait une nuance d'inquiétude dans la voix du premier ministre.

« Ne la laissez pas aller là », recommanda Cabbarus.

Micky contemplait une trappe aménagée dans le sol recouvert de dalles et légèrement en pente à cet endroit. Elle ne se tourna pas vers lui quand Théo s'approcha ; elle resta là, figée, le regard terne. Mousquet avait suivit Théo et tous deux la traînèrent en arrière, l'éloignant de la trappe.

« Il y a une odeur de sang, murmura la jeune fille, il a tué des gens ici. Je le sais. »

Le front de Micky était brûlant lorsque Théo le toucha. Il s'adressa à Cabbarus.

« Elle est malade, dit-il, il lui faut un médecin. Faites-la sortir d'ici.

— Je doute que ce soit très grave, répliqua le premier ministre, elle va guérir très vite. En fait, il le faut.

— Demandez-moi ce que vous voudrez, intervint Las Bombas, mais sachez qu'elle n'a rien à voir avec mes potions et mes traitements ; je vous supplie de la relâcher.

— Oh ! mais si, elle a tout à voir au contraire, répondit Cabbarus, le roi désire entrer en communication avec l'esprit de sa fille et c'est ce qui va se passer ! On m'a fait le récit de vos exploits dans la ville de Felden. Vous y êtes célèbre pour avoir fait apparaître des fantômes avec le concours de cette jeune fille.

— Vous croyez donc cela ? s'exclama le comte en devenant livide, mais, cher monsieur, il vous faut comprendre — et je vous demande de garder le secret à ce sujet — il vous faut comprendre, dis-je, que ces apparitions, ces matérialisations d'esprits et autres phénomènes du même genre ne sont que... disons, des...

— ... des supercheries, acheva Cabbarus, des trucs de charlatan.

— Exactement ! approuva Las Bombas avec une certaine fierté, il s'agit de simples illusions, de divertissements de théâtre. Pendant un instant, j'ai cru que vous preniez tout cela au sérieux. Si Sa Majesté veut entrer en contact avec l'esprit de la défunte princesse, la jeune fille ne peut l'aider. Elle est bien incapable de faire apparaître le moindre fantôme, encore moins celui de la princesse Augusta.

— Elle ne fera pas apparaître l'esprit de la princesse, reprit Cabbarus, elle sera elle-même l'esprit d'Augusta. La ressemblance entre elles est frappante. Et elle a l'âge qu'aurait la princesse aujourd'hui.

— C'est impossible ! protesta le comte, c'est une gamine des rues, elle ne pourrait en aucun cas se faire passer pour sa fille aux yeux du roi.

— C'est à elle d'être convaincante dans ce rôle. Pour son propre bien, et pour le vôtre, j'espère qu'elle y parviendra, car Sa Majesté a fait annoncer que quiconque échouerait dans une telle tentative serait puni de mort. C'est l'ordre du monarque, pas le mien, je ne peux donc rien faire pour le changer. Sa Majesté sait que vous êtes arrivés au palais ; elle vous accordera ce soir une audience exceptionnelle. Il ne faudra pas décevoir votre souverain.

— Nous n'avons pas le temps de nous préparer, répondit Las Bombas, la sueur perlant à son front, certains aménagements sont nécessaires et nous ne pourrons pas les réaliser d'ici à ce soir.

— Vous disposerez de tout ce dont vous aurez besoin, assura Cabbarus, la jeune fille n'aura qu'une seule tâche à accomplir : en tant que princesse, elle devra transmettre un message à son père.

— Un message ? Mais elle ne saura jamais quoi dire au roi !

— Elle lui dira ce que je lui commanderai de dire, répliqua le premier ministre, le message est simple, mais il faut qu'elle l'énonce avec précision. Jeune femme, je vous conseille de m'écouter attentivement. Vous allez dire à Sa Majesté que votre esprit tourmenté ne connaîtra jamais le repos tant que le roi n'aura pas fait ce que vous lui demandez. Par amour pour vous, pour sa propre tranquillité d'esprit et pour le bien du royaume, il doit abandonner son trône.

— Quoi ? s'exclama Las Bombas, demander au roi d'abdiquer ? Quitter son trône parce que.. parce qu'un fantôme veut qu'il s'en aille ? Il ne le fera jamais.

— Il fera au contraire tout ce que sa fille souhaitera, affirma Cabbarus, comme cela a toujours été le cas lorsque la princesse était en vie. Il ne lui a jamais rien refusé à l'époque, il ne lui refusera rien aujourd'hui. Il est même certain qu'il lui accordera plus que jamais ce qu'elle désire. Je connais bien l'état d'esprit de Sa Majesté et je puis vous l'assurer. Mais il y a autre chose : la princesse ne se contentera pas de prier le roi d'abdiquer, elle le pressera également de nommer un successeur. Et elle lui dira alors qu'il doit abandonner son trône en faveur de son premier ministre.

— Vous êtes fou ! s'écria Théo, vous avez l'audace de vous faire roi !

— Non, pas moi, c'est la princesse Augusta qui m'installera sur le trône. Pendant un temps, j'avais envisagé de me faire désigner comme héritier adoptif de Sa Majesté, mais cette nouvelle méthode est beaucoup plus simple et m'épargnera une attente désagréable. Il s'agit d'ailleurs d'une simple formalité. Je gouverne le pays de fait, je veux à présent le faire de droit en accédant au titre suprême : Cabbarus Ier. »

Le premier ministre se leva.

« Je vais maintenant annoncer à Sa Majesté que je me suis entretenu avec vous et que je suis convaincu de la réalité de vos pouvoirs. Pendant ce temps, assurez-vous que la jeune fille a bien compris ce qu'elle doit faire. Quand je reviendrai, vous me préciserez de quoi vous avez besoin pour vos préparatifs. Et s'il est nécessaire de vous stimuler davantage, sachez que Sa Majesté offre une récompense très substantielle en cas de succès. Si échapper à la mort ne vous semble pas une incitation suffisante, je suis certain que l'argent achèvera de vous persuader. »

Cabbarus quitta alors la pièce. Las Bombas se frappa la tête des deux mains.

« Nous sommes perdus ! s'exclama-t-il, nous n'y arriverons jamais ! Oh ! mon garçon, je souhaiterais que tu n'aies jamais eu l'idée de cette prêtresse de l'Oracle. Micky possède un véritable génie, je le sais, mais dans le rôle de la princesse Augusta ? Non, elle n'y parviendra pas.

— Vous voudriez donc qu'elle réussisse ? interrogea Théo. Le roi Augustin ou le roi Cabbarus, Florian a dit que c'était la même chose. Mais je crois qu'il a tort. Pour ce qui est de la monarchie elle-même, j'ignore si c'est lui qui a raison ou le docteur Torrens, tout ce que je sais, c'est que je ne veux pas contribuer à installer cet assassin sur le trône.

— J'admets que l'idée de voir régner un roi Cabbarus est désolante, répondit le comte, mais l'idée d'être mort me semble encore pire. Il faut que nous tentions de réussir. Non, d'ailleurs, nous devons faire mieux que tenter : donnons-lui une princesse Augusta si criante de vérité qu'Augustin sera forcé d'y croire et une fois l'argent en poche, que Cabbarus règne autant qu'il lui plaira. Nous, nous quitterons le pays et en route pour la Trébizonie ! Micky, ma chère enfant, écoute-moi bien...

— Ne soyez pas idiot ! s'écria Théo, croyez-vous donc que quiconque d'entre nous sortira vivant de cette histoire, quoi que nous fassions ? Pensez-vous que Cabbarus va nous laisser vivre plus longtemps qu'il n'est nécessaire pour lui ? Sachant ce que nous savons ? Sachant qu'il se sera fait désigner comme monarque sur la seule foi d'une fausse princesse ? Sachant que toute cette affaire n'est qu'une sombre machination ? Non, il ne prendra pas le risque de nous laisser la vie sauve. »

Le comte se tut. Les traits de son visage s'affaissèrent.

« Je n'avais pas envisagé les choses sous cet angle, dit-il enfin. Et j'ai bien peur que tu n'aies raison. »

Pendant ce temps, Mousquet avait examiné la trappe. Hochant la tête d'un air découragé, il rejoignit les autres.

« J'avais pensé que nous pourrions essayer de descendre le long de cette espèce d'égout, mais il y a de l'eau au fond. Quelle est sa profondeur et où nous mènerait-elle, je l'ignore et je ne suis pas sûr que nous puissions survivre assez longtemps pour le savoir. Mais nous pourrions peut-être tenter le coup ?

— Avant de plonger dans un gouffre sans fond, j'aimerais mieux songer à une autre possibilité, dit Las Bombas. Laissons Cabbarus croire que nous acceptons de nous prêter à sa mystification et une fois que nous serons devant le roi, dévoilons toute l'affaire. Jetons-nous à ses pieds en implorant sa grâce et en lui expliquant que c'est le premier ministre qui nous a forcés à agir ainsi.

— Augustin nous croira-t-il ? s'interrogea Théo, c'est notre parole contre celle de Cabbarus. »

Las Bombas hocha la tête d'un air sombre.

« Je crains que tu n'aies à nouveau raison. Nous ne serions pas de taille à gagner la partie. C'est donc la fin pour nous, quoi qu'il arrive. Nous avons tout à perdre et absolument rien à gagner. Il ne nous reste plus comme seule liberté que le choix de notre mort : préférons-nous périr secs ou mouillés ? »

24

A Freyborg, il y avait de cela des années, lui semblait-il, Justin avait dit à Théo qu'il donnerait sa vie à Florian si celui-ci le lui demandait. A l'époque, cette idée lui avait paru héroïque et admirable. Aujourd'hui, cependant, l'idée de mourir pour le bénéfice du premier ministre le rendait furieux ; il se sentait humilié, souillé à cette pensée. Pendant un moment, il songea à se jeter à la gorge de Cabbarus pour au moins passer un peu de sa rage avant que les gardes ne le tuent. Mais cela n'aurait nullement aidé Micky, ni Mousquet, ni Las Bombas qui, dans la même journée, avait dû se résigner à perdre la vie et la fortune promise par le premier ministre.

« Il faut tenter notre chance, voilà ce que je crois, déclara Mousquet ; on se laisse tomber dans le puits, on retient son souffle et advienne que pourra.

— Parle pour toi, répliqua Las Bombas qui était allé lui-même inspecter la trappe, moi, je n'ai pas la taille qui convient. Je finirais coincé comme un bouchon dans une bouteille. »

Micky était accroupie dans un coin, les bras serrés autour de ses épaules, et contemplait la trappe comme si elle eût été incapable d'en détourner le regard.

« Non, pas là », murmura-t-elle.

Sa voix était faible, comme celle d'un enfant apeuré.

Théo s'agenouilla auprès d'elle, puis il se tourna vers le comte.

« Elle n'est pas en état de tenter quoi que ce soit, dit-il, je ne suis même pas sûr qu'elle puisse marcher. »

Las Bombas hocha tristement la tête.

« Je me sens aussi mal en point, avoua-t-il. Pauvre fille, j'aurais pensé que s'il n'y avait qu'une seule personne à pouvoir tenir tête à Cabbarus, ce serait elle. Mais dès qu'elle a mis les pieds ici, elle a été terrorisée. Et je la comprends. »

Le visage du comte s'éclaira soudain.

« Hé ! mais après tout, c'est peut-être bien notre chance, qui sait ? Imaginez qu'elle tombe malade ? La représentation serait annulée pour cause d'indisposition.

— Vous ne vous en tirerez pas comme ça, affirma Mousquet, cette canaille aux yeux de merlan frit n'est pas du genre à renoncer si facilement. Elle pourra bien rester malade aussi longtemps qu'elle voudra, il attendra. C'est elle qu'il veut et personne d'autre. De plus, supposons qu'entre-temps, il décide qu'il n'a plus besoin de nous ? Qu'elle seule lui suffit ? Non, si nous devons tenter notre chance, c'est maintenant ou jamais.

— Il y a une chose que nous pourrions faire, dit Théo après avoir réfléchi pendant un moment. Ce serait d'accepter de coopérer avec Cabbarus.

— Quoi ? s'exclama le comte, alors que tu disais tout le contraire il y a un instant ?

— Écoutez la suite, poursuivit Théo, si le roi ne croit pas que Micky est sa fille, nous sommes de toute façon perdus. Mais imaginez qu'elle parvienne véritablement à le convaincre qu'elle est bel et bien la princesse Augusta ? Bien que j'en doute, elle pourrait peut-être y arriver. Et dans ce cas, si le roi l'écoute et croit ce qu'elle dit, il se peut que nous ayons une chance de nous tirer d'affaire.

— Je ne vois pas où tu veux en venir, en quoi cela nous aiderait-il ?

— Cabbarus veut lui faire dire que le roi doit abdiquer. Et si elle disait exactement le contraire ?

— Le contraire de quoi ?

— Elle recommanderait à Augustin de rester sur son trône, de ne jamais y renoncer quoi que son premier ministre puisse lui conseiller. Elle le mettrait en garde contre Cabbarus et le supplierait de le révoquer.

— Alors, Cabbarus nous dénoncera comme imposteurs.

— Qu'il le fasse. Même dans ce cas, il devra s'expliquer et ce ne sera pas facile.

— Cela revient au même, fit observer le comte, le roi nous croira peut-être ou ne nous croira pas. Et la question qui m'importe le plus reste toujours sans réponse : qu'adviendra-t-il de nous ensuite ? J'imagine que maître Cabbarus a le bras long. En plus, étant donné l'état dans lequel se trouve Micky... Mais tu as quand même raison, il faut tenter le coup, tout vaut mieux que de sauter dans un égout.

— Veux-tu essayer ? » demanda Théo en se tournant vers Micky.

Sur le visage de la jeune fille se lisait une expression de terreur qu'il ne lui avait jamais connue auparavant. Au bout de quelques instants, elle finit par répondre oui d'un signe de tête. Théo lui sourit alors et voulut lui prendre la main, mais elle s'écarta de lui.

Ils s'étaient attendus à voir revenir Cabbarus, mais ce fut Pankratz qui apparut à sa place pour donner l'ordre à Las Bombas de faire ses préparatifs. Théo ne voulant pas laisser Micky seule, le comte lui assura que l'aide de Mousquet lui suffisait pour tout mettre en place.

La jeune fille, toujours accroupie, ne bougeait pas. A un moment, elle poussa un cri, comme si elle eût fait un cauchemar éveillé. Le reste du temps, elle demeura silencieuse. Théo se demanda si elle avait compris ou retenu quoi que ce soit de ce qu'elle devait faire et il commença à désespérer que son plan réussisse. Il n'en avait cependant pas trouvé de meilleur lorsque la porte se rouvrit pour laisser passer Las Bombas.

Le comte aida Micky à revêtir une robe blanche.

« Mousquet nous attend, murmura-t-il à Théo, tout est prêt. Les draperies, les lumières... c'est splendide, le meilleur décor que j'aie jamais réalisé. Ça va peut-être marcher. Il se peut que Micky nous sauve la vie. »

Ils furent ensuite conduits hors de la pièce ; on leur fit traverser la cour, puis ils pénétrèrent dans ce que Las Bombas décrivit à Théo comme le nouveau palais Juliana. Cabbarus les attendait dans une grande salle.

« Sa Majesté ne quitte jamais ses appartements, dit le premier ministre, mais en cette circonstance exceptionnelle, elle a consenti à le faire. J'ai promis au roi qu'il allait se passer un événement de la plus haute importance. La reine Caroline sera également présente, ainsi que les hauts conseillers et les ministres de Sa Majesté. Il est essentiel qu'ils entendent eux-mêmes ce que la princesse va demander à son père.

— C'est mieux que ce que nous avions à Felden, assura Las Bombas en menant Théo et Micky derrière les rideaux qui entouraient une estrade. Je dois reconnaître que Cabbarus m'a effectivement donné tout ce que je voulais. Il m'a fourni d'excellents trépieds et des braseros ; je les ai disposés de telle sorte qu'ils produisent une fumée impressionnante. J'aurais pu obtenir des fusées et des feux d'artifice, mais j'ai pensé que ce serait peut-être un peu excessif. »

Las Bombas aida Micky à s'installer sur une chaise haute où elle resta immobile, la tête basse. A en juger par le brouhaha qu'on entendait derrière les rideaux, les courtisans commençaient à arriver. Le comte s'avança sur l'estrade. Micky avait le souffle court et ne répondit pas lorsque Théo lui parla. Elle ne sembla même pas l'avoir entendu.

Las Bombas écarta légèrement l'un des rideaux pour observer la salle.

« Le roi et la reine sont là, dit-il, Cabbarus veut que nous commencions.

Mousquet avait allumé les braseros...

— C'est impossible, pas maintenant, répondit Théo, Micky va de plus en plus mal. Allez dire à Cabbarus que nous aurons du retard. Dites-lui... Dites-lui ce que vous voudrez.

— Trop tard », gémit le comte.

Mousquet avait allumé les braseros posés sur des trépieds et des volutes de fumée s'élevèrent autour d'eux. Micky redressa la tête. Les efforts qu'elle faisait semblaient aller au-delà de ses forces.

Théo tira les cordons qui ouvraient les rideaux. Dans la salle, les chandelles avaient été éteintes et il ne vit qu'une foule d'ombres, deux silhouettes incertaines sur une estrade et à côté, la forme noire de Cabbarus.

Le comte avait disposé des lanternes de chaque côté de Micky et leurs lumières éclairaient le visage de la jeune fille. Lorsqu'ils virent celle-ci pour la première fois, les courtisans retinrent leur souffle. Elle avait les yeux baissés et son visage semblait un masque livide. Ses lèvres s'entrouvrirent légèrement, mais ne remuèrent pas. Elle parla d'une voix qui paraissait venir de très loin.

« Aidez-moi, dit-elle, aidez-moi, je vais tomber. »

La terreur et la supplication qu'elle exprimait étaient si authentiques que Théo sursauta.

« S'il vous plaît, poursuivit Micky, donnez-moi la main.

— Qu'est-ce qu'elle fait ? mumura Las Bombas à Théo d'un ton affolé, elle n'est pas du tout censée dire ça. Elle est en train de tout gâcher. Si nous avons jamais eu une chance de nous en sortir, c'est fini maintenant. »

Micky s'était levée de sa chaise.

« Dépêchez-vous, dit-elle, je ne peux plus tenir. »

Un cri d'angoisse retentit dans la salle. Ce n'était pas le roi qui l'avait poussé. C'était la reine.

« Mon enfant ! s'écria la souveraine, c'est mon enfant qui parle ! »

25

Théo fut pris de vertige. Il avait tout misé sur la façon dont Micky saurait jouer son rôle, persuadé qu'elle pourrait réussir, mais de là à imiter une voix qu'elle n'avait jamais entendue, la voix d'une enfant morte depuis longtemps ! C'était impossible.

La voix de Micky se modifia, elle devint plus grave, et son ton à présent était cruel et moqueur.

« Il semble, princesse, que vous vous soyez mise dans de beaux draps. Que cela vous serve de leçon, il ne faut pas fouiner dans des endroits où vous n'avez rien à faire. »

A nouveau revint la voix de l'enfant.

« Je jouais à cache-cache, ce n'était qu'un jeu. S'il vous plaît, aidez-moi, je suis fatiguée. »

Telle une somnambule, Micky était descendue de la scène et s'avançait vers le centre de la salle. Théo et Las Bombas étaient trop abasourdis pour l'en empêcher. Elle parla une nouvelle fois de sa voix grave.

« Votre attitude à mon égard a changé, princesse. Je n'ai jamais fait partie de vos favoris, mais maintenant que votre vie est entre mes mains, tout devient très différent, n'est-ce pas ? Me suppliez-vous de vous aider ? Je ne suis pas sûr d'avoir envie de vous obliger. »

Les courtisans restèrent bouche bée. Ils venaient, au même moment que Théo, de se rendre compte de la même chose. La voix était celle d'un homme imitée par une jeune fille ; mais le ton et le rythme en étaient parfaitement reconnaissables ; impossible de s'y tromper : c'était la voix de Cabbarus.

« Quelle est cette monstrueuse supercherie ? s'écria alors le premier ministre. Majesté, ces gens-là m'ont trompé, ce sont des imposteurs !

— Taisez-vous ! ordonna Augustin, l'esprit de mon enfant me parle enfin et me révèle la vérité sur sa mort ! »

Un rire sardonique s'éleva des lèvres de Micky.

« Beaucoup d'autres avant vous ont fait leur dernier voyage dans ce puits, princesse, cela vous amuserait-il de les rejoindre ? »

On entendit à nouveau la voix de l'enfant. Malgré la terreur qui l'animait, elle avait soudain pris un ton de commandement :

« Sortez-moi d'ici ! Mon père apprendra de quelle façon vous m'avez traitée. Il n'aimera sûrement pas entendre que vous êtes resté là sans rien faire à vous moquer de moi. Certains ministres souhaitent qu'il vous chasse, je les ai entendus en parler ; mon père n'a pas encore pris de décision, mais il le fera lorsqu'il saura que vous avez refusé de m'aider.

— Il ne le saura que si vous vivez suffisamment longtemps pour le lui dire. »

Les yeux de Micky étaient écarquillés, son regard levé vers le plafond, lorsqu'elle s'écria :

« Mes mains glissent ! Non, Cabbarus, ne faites pas ça ! Vous m'écrasez les doigts ! »

Quelqu'un demanda qu'on apporte de la lumière. Théo bondit de derrière les rideaux. Micky poussa un hurlement et s'effondra sur le sol. Le roi Augustin se leva d'un bond.

« Ma fille n'est pas morte par accident ! s'exclama-t-il, c'est vous qui l'avez tuée, Cabbarus ! Vous m'aviez dit que vous étiez arrivé trop tard pour la sauver, mais c'était un mensonge ! Vous vous trouviez avec elle dans la forteresse et vous l'avez laissée s'écraser au fond du puits. Son esprit vous accuse ! »

La reine Caroline s'était précipitée vers Micky. Elle se jeta à terre, au côté de la jeune fille évanouie.

« Ce n'est pas un esprit ! C'est mon enfant ! s'écria-t-elle.

— Assassin ! s'exclama le roi en faisant un pas vers Cabbarus, assassin ! Saisissez-vous de lui ! »

Le premier ministre se rua en avant. Les gardes étaient aussi stupéfaits que les courtisans ; Cabbarus

La reine Caroline s'était précipitée vers Micky.

se fraya un chemin parmi les spectateurs et s'enfuit de la salle. Laissant Micky et la reine, Théo s'élança à sa poursuite. Cabbarus avait atteint le couloir et se dirigeait vers la cour.

Théo sur ses talons, le premier ministre s'arrêta au-dehors, ne sachant quel chemin prendre. Un détachement de soldats venait en effet de surgir de l'une des arcades, lui barrant le passage. Cabbarus se précipita alors à l'intérieur de l'ancienne forteresse, puis, interrompant sa course, il fit volte-face et frappa Théo qui tomba à genoux et s'agrippa à la robe du premier ministre.

Cabbarus se libéra en déchirant son vêtement. Des gardes venus de la grande salle étaient sortis dans la cour et donnaient l'alerte dans tout le palais. Théo se jeta sur Cabbarus qui le repoussa et grimpa un escalier de pierre.

Théo courut derrière lui. A mesure qu'il montait les marches, l'escalier devenait plus étroit et tournait sur lui-même. C'était l'intérieur du beffroi de la forteresse, là où se trouvaient les cloches de Juliana. Une galerie carrée bordée en son centre d'un parapet de faible hauteur entourait les énormes carillons. Des arcades de pierre, ouvertes au ciel et au vent, offraient de la cour une vue qui donna le vertige à Théo.

Cabbarus s'immobilisa et tourna sur lui-même. Théo entendit alors un grognement qui ressemblait à celui d'un animal enragé. A sa grande horreur, il s'aperçut que le grognement montait de sa propre gorge.

Le jeune homme se rua sur le premier ministre.

Cabbarus se débattit et ses mains se refermèrent autour de la gorge de son adversaire. Théo fut projeté en arrière ; les doigts de Cabbarus toujours serrés autour de son cou, il trébucha contre le parapet et bascula par-dessus. Il tomba dans le vide pendant un instant, puis sa main agrippa l'une des cordes attachées aux cloches.

Cabbarus, entraîné dans sa chute, lâcha prise. Il poussa un hurlement et se serait écrasé au bas de la tour si Théo, de sa main libre, ne lui eût saisi le bras en l'étreignant de toutes ses forces.

Sous le choc, le jeune homme crut que son propre bras allait se désarticuler. Il hurla de douleur. Le poids de Cabbarus l'écartelait et il craignait que, d'un moment à l'autre, tous deux ne s'écrasent en contrebas.

Cabbarus le regardait, les yeux étincelants de haine. La propre fureur de Théo lui serrait la gorge. Il n'aurait eu qu'à ouvrir la main pour se débarrasser de son fardeau et sans doute en cet instant désirait-il plus que tout envoyer le premier ministre à la mort. Sanglotant à moitié, il resserra cependant son étreinte et entoura la corde de ses jambes.

Les gardes montaient quatre à quatre l'escalier du beffroi, devancés par Mousquet. La bouche ouverte, le nain hurlait, mais Théo n'entendait pas ses paroles. Au-dessus de lui, en effet, la cloche à laquelle il était pendu s'était mise en mouvement, et son écho puissant résonnait parmi les autres carillons. Le fracas du bourdon explosa dans ses oreilles, il se sentit hissé puis ramené à l'intérieur de la galerie, tenant toujours Cabbarus à bout de bras. Sa main s'était comme pétrifiée sur le bras du premier ministre et quelqu'un dut lui écarter les doigts de force pour le libérer.

Le visage de Las Bombas se dessina devant lui. Assourdi et abasourdi, il se demanda pourquoi Micky n'était pas montée, elle aussi. Il se rappela alors que Micky n'existait pas. C'était seulement un nom d'emprunt.

26

« Ils n'arrêtent pas de me répéter que je suis la princesse Augusta, dit Micky, ça je le sais, mais ce que je n'arrive pas à déterminer, c'est si je suis une princesse qui était avant une gamine des rues, ou une gamine des rues qui, avant, était princesse. »

La jeune fille était assise en tailleur sur son lit, parmi des piles de coussins, dans la chambre qu'on lui avait réservée dans les Appartements Royaux. Elle remua les épaules, comme si la robe de soie qu'elle portait lui irritait la peau, puis sourit à Théo qui attendait de connaître la suite de son histoire. Il n'avait pas été autorisé à la voir pendant deux jours, tandis que des médecins, des femmes de chambre, des infirmières et ses parents se relayaient à son chevet. Finalement, Micky avait déclaré qu'elle se sentait parfaitement bien et avait exigé de voir Théo, Las Bombas et Mousquet.

La reine Caroline était assise sur une chaise près de la fenêtre, couvant sa fille d'un regard anxieux, bien que cette dernière eût de toute évidence recouvré sa pleine santé et un excellent moral.

« Je me souviens de tout, reprit Micky, c'est ça qui me paraît si étrange. Je n'arrive pas à comprendre comment j'ai pu tout oublier pendant tant d'années.

— Tu n'as pas oublié, répondit Théo, c'était là, quelque part dans ta tête et ça revenait dans tes cauchemars.

— Je n'en ai plus, maintenant ; je rêvais sans doute à ce que Cabbarus m'a fait, mais je ne pouvais pas le savoir. Quand j'ai vu de nouveau la trappe, tout est revenu peu à peu.

— Tu l'as vécu une nouvelle fois, dit Théo, mais c'était pire qu'un cauchemar parce que tu ne pouvais pas te réveiller.

— Tu as donné une représentation impressionnante, intervint Las Bombas, sur le moment, je me disais que c'était vraiment saisissant, la façon dont tu faisais semblant d'être la princesse Augusta.

— Elle ne faisait pas semblant, rectifia Théo, elle racontait ce qui lui était vraiment arrivé.

— Finalement, je crois bien que c'était ma faute, je me mettais toujours dans des situations impossibles, se rappela Micky, une fois, j'étais même montée au sommet de la tour. Ce jour-là, j'avais voulu voir ce qu'il y avait sous la trappe. Je pensais que c'était un bon endroit pour jouer à cache-cache. Personne n'aurait l'idée de venir me chercher là. Mais j'ai glissé et je me suis cramponnée au bord du trou sans parvenir à me hisser au-dehors. C'est à ce moment-là que Cabbarus est entré et m'a vue. Il m'a écrasé les doigts jusqu'à ce que je lâche prise et je suis tombée loin loin au fond, dans l'eau de la rivière qui m'a emportée... »

La reine Caroline s'approcha et caressa les cheveux de sa fille.

« N'y pense plus, dit-elle. Nous t'avions crue morte, mais tu es vivante, et de nouveau parmi nous. Il n'y a rien de plus à ajouter.

— Après ma chute, ça s'est plutôt bien passé,

poursuivit malgré tout Micky, j'ai eu de la chance, le courant m'a amenée dans les marécages. Là-bas, les gens les appellent les Doigts. Le vieil homme qui m'a repêchée m'a vraiment sauvé la vie. Malheureusement, je ne peux plus le remercier, maintenant. J'ai grandi en pensant que c'était mon grand-père. A ce moment-là, j'avais tout oublié de ce qui m'était arrivé ; j'aurais été incapable de lui dire qui j'étais. Je ne le savais pas. C'était comme si j'avais toujours vécu avec lui. Pauvre homme, il était sourd-muet, il n'aurait pu m'entendre, de toute façon, ni me parler. Et même après m'avoir appris à communiquer par signes, il ne m'a jamais dit comment il m'avait trouvée. J'imagine qu'il voulait que je reste avec lui. C'est ce que j'ai fait, jusqu'à sa mort. Ensuite, je suis partie toute seule. Mais il faut que je vous dise quelque chose, ajouta-t-elle à l'adresse de la reine, il y aurait beaucoup à changer dans cette maison des Filles du Repentir, à commencer par ces horribles flocons d'avoine qu'ils servent aux repas.

— Tu t'en occuperas toi-même, ma chérie, répondit la reine, ce sera l'un de tes Devoirs Royaux.

— Oh ! mes devoirs, je préfère ne pas y penser, dit Micky en faisant une grimace.

— Sois heureuse d'être en vie pour pouvoir les accomplir, déclara la reine, car lorsque tu t'es évanouie, nous avons eu peur que tu ne te réveilles jamais plus. Ce sont les cloches qui t'ont ramenée à la vie ; quand elles ont retenti, tu as repris conscience.

— Ah ! oui, les cloches ! Comme je les aimais ! Cabbarus a essayé de me tuer, et c'est finalement lui qui m'a fait revivre. Ce n'est que justice.

— En réalité, c'est notre jeune ami qui a fait sonner les carillons, intervint Las Bombas, il était pendu à une cloche d'une main et tenait Cabbarus de l'autre.

— Quelques instants de plus et tous deux se seraient rompu le cou en tombant au bas de la tour », ajouta Mousquet.

Le nain, par des moyens dont lui seul possédait le secret, avait réussi à se procurer un nouveau chapeau qu'il brandit devant Théo.

« Je n'arrêtais pas de vous dire qu'il fallait le lâcher, poursuivit-il, mais vous ne m'entendiez pas et c'est peut-être aussi bien, car je vous ai traité de certains noms qu'il vaut mieux oublier, le plus aimable étant "imbécile".

— Je n'avais jamais haï personne auparavant, dit Théo, mais j'ai haï Cabbarus. Pourquoi donc a-t-il fallu quc ce soit moi qui lui sauve la vie ?

— Oh ! il ne vivra pas bien longtemps. »

C'était le roi Augustin qui venait de parler. Il était entré dans la chambre en silence et avait écouté la conversation. Bien qu'il eût encore la démarche d'un malade aux jambes flageolantes, son visage avait repris un peu de couleur. Un grand poids lui avait été retiré, mais il semblait désormais en porter un autre.

« Je m'en veux d'avoir élevé Cabbarus au rang de premier ministre. Ce que la princesse Augusta disait était tout à fait vrai : j'avais songé à le démettre de ses fonctions de surintendant de la Maison du Roi. Mais j'ai perdu l'esprit quand j'ai cru que mon enfant était morte ; je ne parviendrai cependant jamais à me trouver d'excuses ni à me pardonner mon manque de discernement. J'essaierai de réparer tout ce qui peut l'être. Mais ce que Cabbarus a fait en mon nom ne pourra jamais être pardonné. Pour l'heure, il attend son exécution à la forteresse de Carolia, poursuivit le roi, ce sera justice de le mettre à mort, après que lui-même a injustement mis à mort tant d'autres. C'est le seul prix qu'il puisse payer, bien qu'il ne soit que fort peu élevé.

— Majesté, je voudrais vous demander une faveur, dit alors Théo. Je ne lui ai pas sauvé la vie pour qu'il la perde. Je ne veux avoir aucune mort sur la conscience, pas même la sienne.

— Vous prenez sa défense ? s'étonna le roi, mais voyons, c'est un monstre !

— Eh bien, qu'il vive avec sa monstruosité ; bannissez-le.

« Mais après tout, ce n'est pas à moi de demander cela, reprit-il, c'est Micky — pardon, la princesse Augusta — qui a eu le plus à souffrir de sa malfaisance. Aussi est-ce à elle de décider.

— J'ai vu ce qu'ils ont fait à mon ami Hanno, répondit la jeune fille, et je ne veux plus jamais que cela recommence. Oui, envoyez donc Cabbarus en exil. Il a perdu son pouvoir, et pour lui, c'est bien pire que la pendaison.

— Comme tu voudras, dit le roi, il saura qui lui a évité la potence et sans doute en sera-t-il reconnaissant, s'il est toutefois capable d'éprouver de la gratitude.

— Pour ma part, je ne veux pas de sa gratitude, déclara Théo. Majesté, je ne souhaite pas qu'on lui dise que j'ai parlé en sa faveur.

— Qu'il en soit donc ainsi, répondit Augustin, le conseiller Pankratz sera lui aussi envoyé en exil avec son maître.

— Je suggère qu'on les laisse sur une île déserte, intervint Las Bombas, comme ça, ils pourront prendre le pouvoir chacun à son tour. Mais, Majesté, puisque le sujet des faveurs à accorder vient d'être soulevé, je me souviens tout à coup que le premier ministre avait fait mention d'une récompense...

— Vous demandez de l'argent ? s'indigna Théo, vous voulez être payé pour quelque chose que vous auriez fait de toute façon ? Vous devriez avoir honte.

— J'ai honte, répliqua le comte, mais ma honte est encore plus grande de me trouver sans le sou.

— Une récompense a été offerte, dit le roi, vous la revendiquez à juste titre et vous la recevrez. Mais la princesse commence à être fatiguée, vous avez la permission de vous retirer. »

Une permission royale étant un ordre, Théo, contre son gré, se trouva conduit hors de la chambre sans avoir pu parler davantage à Micky. Ou à la princesse Augusta. Quelles étaient en elle la part de l'une et la part de l'autre, il préférait ne pas chercher à le deviner.

« Je ne peux pas croire que vous allez accepter cette récompense, dit Théo à Las Bombas lorsqu'ils eurent rejoint les appartements qu'on avait mis à leur disposition. Vous êtes un pire gredin que je ne le pensais, si c'est toutefois possible.

— Mon garçon, qu'attends-tu donc de moi ? s'écria le comte, je ne suis qu'un homme, fait de chair et de sang — et même de plus de chair que la plupart des autres hommes. »

Théo éclata de rire en hochant la tête.

« Voilà quelque chose que je ne peux pas contester, dit-il, ce n'est d'ailleurs pas à moi de vous faire des reproches. J'ai essayé de devenir meilleur que je ne le suis, mais je ne suis pas aussi vertueux que je le pensais — ou que je voulais l'être. Et je me demande si ce n'est pas le cas de tout le monde, y compris de Florian. J'imagine qu'on doit s'estimer heureux lorsqu'on peut faire ne serait-ce qu'un tout petit peu de bien autour de soi.

— Je ne me suis jamais posé cette question », répondit Las Bombas en haussant les épaules.

Malgré les reproches de Théo, Las Bombas insista pour réclamer son dû. Le lendemain, après avoir vainement essayé de convaincre le jeune homme de l'accompagner, le comte se mit en chemin, le cœur léger et la bourse pleine. Resté seul et désœuvré, Théo marchait de long en large dans ses appartements. A sa grande surprise, il éprouva un sentiment de nostalgie en repensant à l'époque de la tête phrénologique et de la prêtresse de l'Oracle, quand Micky était toujours Micky.

Au cours de la semaine qui suivit, il ne la vit

que très peu, la princesse étant sans cesse entourée de courtisans venus lui présenter leurs respects. Le seul événement qui vint le distraire fut l'arrivée du docteur Torrens.

Le récit de la chute de Cabbarus et de ce qui l'avait provoquée s'était transmis de bouche à oreille dans tout le royaume et le médecin, dès qu'il eut appris la nouvelle, s'était hâté de rejoindre Marianstat. Torrens rapportait au roi et à la reine un étrange cadeau.

« La Vespera, dit-il, ou plutôt les deux petits rats d'eau qui m'ont recueilli, m'a amené à l'endroit où elle avait également emporté la princesse, et dans la cabane même où elle a vécu par la suite. Je ne le savais pas, bien sûr, mais regardez ce que j'ai découvert. »

Le docteur Torrens montra alors à la reine le morceau d'étoffe dont il s'était servi pour tenir son bras en écharpe. C'était un vêtement d'enfant brodé aux armoiries royales. Leurs couleurs avaient passé et le tissu était déchiré à cet endroit, mais elles restaient visibles.

« J'ai cru voir là la preuve de la mort de la princesse, en fait c'était le signe qu'elle était toujours vivante. »

Le roi Augustin, malgré les protestations du médecin, nomma le docteur Torrens premier ministre. Le monarque lui ordonna de proclamer une amnistie en faveur de tous ceux que Cabbarus avait fait injustement condamner, ainsi que des rebelles qui avaient attaqué la garnison de Nierkeeping. Torrens qui avait parlé au roi de Florian, doutait que celui-ci se satisfasse d'une telle mesure.

« Nous avons passé beaucoup de temps ensemble, dit le médecin, nous n'étions pas d'accord et je ne m'attendais pas à ce que nous le soyons jamais. En tant qu'homme, j'ai pour lui plus d'estime que je ne l'aurais imaginé. Mais en temps que premier ministre, il me met mal à l'aise. Il n'a toujours pas rejoint ses amis à Freyborg et j'ignore où il se trouve. En tout cas, je suis certain qu'il n'a pas changé d'opinion en ce qui concerne la monarchie. Je me doute que nous entendrons à nouveau parler de maître Florian. »

Plus tard, il s'adressa à Théo tandis qu'ils étaient seuls.

« Leurs Majestés s'inquiètent de votre avenir, et moi aussi, déclara Torrens, nous devrons nous entretenir de certaines affaires d'une grande importance, à la fois pour vous et pour le royaume.

— Et pour la princesse Augusta également ?

— Bien entendu. Mais nous en parlerons un autre jour. Dans l'immédiat, je dois vous remettre quelque chose que Florian m'a donné pour vous. Il a été très amusé d'apprendre que c'était vous qui aviez amené la chute de Cabbarus. Je crois aussi qu'il était quelque peu jaloux. Il avait compté le faire lui-même mais il s'y serait pris sans aucun doute d'une manière différente. Quoi qu'il en soit, le fait est là : Cabbarus est parti.

— Est-ce que je me suis conduit comme un imbécile ? demanda Théo, aurais-je dû le laisser tomber ? Je ne voulais pas avoir sa mort sur la conscience, mais je ne veux pas non plus avoir sa vie sur la conscience.

— J'ignore ce que j'aurais fait en semblables circonstances, répondit Torrens, il est très facile de penser du bien de nous-mêmes, mais nous ne pouvons jamais être sûrs de rien tant que nous n'avons pas été mis à l'épreuve. »

Le médecin tendit alors à Théo un morceau de papier plié en quatre.

« C'est de Florian, dit-il. Il vous demande de vous souvenir de certaines choses que vous lui avez dites à la ferme. Il semble que vous l'ayez fait beaucoup réfléchir. »

De retour dans ses appartements, Théo lut en souriant ces lignes hâtivement griffonnées :

Mon enfant,

Ce que tu as fait était bien. Peut-être même était-ce juste.

Il n'y avait pas de signature.

27

Torrens parvint à faire ce que Micky n'avait pas réussi. En tant que médecin et premier ministre, il mit fin aux incessantes visites des courtisans à la princesse. A la place, il prescrivit de l'air frais et Théo fut autorisé à se promener avec elle dans les jardins du palais ; ils étaient suivis à distance par les dames de compagnie qui gloussaient et pouffaient en commentant cet accroc à l'étiquette. Pendant un moment, tous deux restèrent silencieux, tout au bonheur de se trouver à nouveau l'un avec l'autre.

« Il y a une grande différence entre tout cela et la manière dont je vivais à Freyborg, dit enfin Théo, la taverne de Jellinek, la cave du marchand de vin, Stock et les autres... Ils me manquent. Même le cagibi de la rue du Foirail me manque. Mais je me rends compte à présent à quel point j'ai été sot en pensant que je pourrais amener une princesse là-bas.

— Je ne savais pas que j'étais une princesse, à l'époque, ça n'aurait donc pas eu d'importance.

— Mais tu es bel et bien une princesse et à présent, ça a de l'importance ; impossible de l'oublier.

— Je suis toujours Micky, non ? Ou tout au moins, une part de moi-même.

— Le roi et la reine ne partagent pas cet avis. Je

crois qu'ils aimeraient bien que tu oublies cette part-là.

— Aucune chance pour ça ! »

Micky avait soudain pris la voix d'un bonimenteur de rue ; elle éclata de rire en voyant l'expression stupéfaite de Théo.

« Mes parents t'ont parlé, n'est-ce pas ? demanda-t-elle. A moi aussi, ils ont parlé. Et ils en sont toujours revenus à la même chose : un jour, je serai reine d'Occiterre.

— C'est en effet ce qui arrivera.

— Pas si les choses se passent comme Florian le souhaite. Ni non plus si elles se passent comme je le voudrais moi-même. Il doit bien exister quelque part un royal cousin suffisamment idiot pour aimer ce genre de travail. En tout cas, je leur ai dit que ça ne m'intéressait pas et que je ne les laisserais pas nous séparer. Donc, l'affaire est réglée. »

Comme Théo ne répondait pas, son visage prit une expression inquiète.

« Tu nc crois pas ? insista-t-elle. A moins que... Qu'est-ce qu'ils t'ont dit à toi ?

— Simplement que je devais choisir ce que je voudrais faire. »

Les exclamations des dames de compagnie l'interrompirent.

Théo se retourna pour voir ce qui se passait : il aperçut Las Bombas qui l'appelait en se hâtant le long de l'allée.

« Vous êtes de retour ? s'étonna Théo, je pensais que vous seriez déjà loin à l'heure qu'il est, avec tout votre argent.

Ils étaient suivis à distance
par les dames de compagnie...

— L'argent... Eh oui, c'est justement pour cela que je suis revenu, répondit Las Bombas.

— Vous avez changé d'avis, vous ne voulez plus le garder ! s'exclama Théo, je le savais bien. Bravo, je vous félicite !

— J'avoue que la possession d'une telle somme me mettait mal à l'aise. Je suis plus habitué à courir après la fortune qu'à en recevoir une toute faite.

— Et donc vous avez voulu la rendre. »

Théo lui donna une tape sur l'épaule.

« Finalement, vous avez quand même une sorte de conscience à votre manière, dit-il.

— Oui, et j'éprouve bien des tourments, soupira le comte, je ne pourrai jamais me pardonner cela.

— Mais si, vous le pourrez, vous verrez, vous vous sentirez beaucoup mieux quand vous aurez rendu l'argent de la récompense.

— Vous m'avez mal compris, reprit Las Bombas, je ne peux me pardonner... de l'avoir perdu... Je mc suis fait berner, poursuivit-il d'un ton penaud, j'ai été dupé comme un bébé qui vient de naître. C'est cela qui est impardonnable. J'ai fait la rencontre d'un gentilhomme, ou plutôt d'une franche canaille ! Il m'a montré la lettre d'un noble qui était retenu prisonnier dans une geôle de Trébizonie ; si nous parvenions à réunir la rançon nécessaire pour le libérer, il nous indiquerait la cachette où il avait découvert un fabuleux trésor. Nous aurions pris chacun notre part... Mais peu importe, inutile d'exposer les détails de ma honte. Quoi qu'il en soit, l'argent s'est envolé. Ah ! si jamais je retrouve ce misérable ! Enfin, voilà, je me suis simplement arrêté pour vous faire une nouvelle fois mes adieux, princesse ; et à toi aussi, mon garçon. Mousquet est impatient de repartir. Quant à vous, vous avez sûrement beaucoup de projets.

— Justement, je n'en ai aucun, répondit Théo, mais le docteur Torrens en a un pour moi. Je ne sais que penser. J'allais en parler à Micky — pardon, à la princesse — ensuite il faudra que je prenne une décision. Le docteur Torrens veut que je voyage dans tout le royaume d'Occiterre.

— Tu le feras dans de meilleures conditions que lorsque nous parcourions les routes ensemble, dit Las Bombas.

— Non, c'est justement le contraire, il veut que je parte tout seul et que je voie par moi-même ce qui se passe dans le royaume. Il pense que je pourrai me rendre compte de ce que les gens veulent et de ce qu'on peut faire pour les contenter. Mais je ne sais pas si j'en suis capable. Je ne sais même pas si c'est Florian qui a raison ou la monarchie.

— Permets-moi de te dire, et cela sans vouloir être insolent, qu'une princesse qui fume la pipe, jure comme un soldat et n'hésite pas à se gratter là où ça la démange est une véritable bénédiction pour le royaume tout entier, déclara Las Bombas, et sur ce point, même Florian m'approuverait.

— Et si... commença Théo en prenant la main de Micky, et si on partait tous les deux ? Tu saurais plus de choses que moi. Je ne suis pas beaucoup sorti de Dorning. »

Une lueur dansa dans les yeux de la jeune fille, mais elle hocha la tête en signe de dénégation.

« Non, dit-elle, je dois rester ici. Pour le moment en tout cas. Mes parents ont déjà eu une fois le cœur brisé à cause de moi, je ne veux pas leur causer à nouveau du chagrin. Je n'étais pas contente quand tu es parti la dernière fois. Mais maintenant, ce serait différent, je serais moins triste. Fais ce que te demande le docteur Torrens. Tu en as envie, je le sais. Je le vois en te regardant.

— Je ne veux pas te quitter.

— Tu ne me quitteras pas, assura Micky, disons que nous serons simplement un peu séparés pour quelque temps. »

Les dames de compagnie les avaient rejoints et insistaient pour ramener la princesse à l'intérieur du palais. Micky leur tira la langue mais elle finit par se laisser conduire à ses appartements. Alors qu'elle s'éloignait, elle se retourna soudain vers Théo et remua rapidement les doigts. Le jeune homme lut à distance ce qu'elle lui disait dans leur langage silencieux :

« Trouve ce que tu veux. Et moi, je te trouverai. »

Table

les anthologies
du Livre de Poche Jeunesse

Quatre sous ou un trésor

Riches et pauvres, avares et dépensiers, les uns manquent d'argent, d'autres ont peur de le perdre. Faut-il économiser sou par sou ? Attendre que les écus tombent du ciel ? Prendre des risques, être un peu filou ? Il y a bien les oncles à héritage et, peut-être, les bons génies...
Ceux qui ont compris que la fortune aime le mouvement la font circuler, et ça marche !

A partir de 8-10 ans

Des animaux et des hommes

De l'ourson-enfant à l'animal familier, du fauve libre au gibier qu'on chasse, du singe farceur au chien changé en homme, les bêtes sont-elles des jouets pour nous, des serviteurs, des ennemis ? La jungle avait adopté Mowgli, mais qui a respecté l'alliance ? Le serpent, dit-on, est un ami perdu, le monstre de la mer n'a pas été compris.
Quant aux insectes, ces bestioles du jardin, c'est peut-être tout un monde inquiétant de science-fiction.

A partir de 8-10 ans

Géants et miniatures

Les géants, méchants ou bons garçons, hantent les contes, et souvent les petits hommes se montrent plus malins qu'eux. Mais quelle aventure que de devenir minuscule par magie ! S'il n'y a pas de remède, c'est un drame.
Pour Gulliver, tout est relatif : il est géant à Lilliput et miniature à Brobdingnag ; Alice aussi : cela dépend de ce qu'elle avale au pays des merveilles. Et s'il y avait un moyen de grandir ou rapetisser à volonté ?

A partir de 8-10 ans

Des histoires pour les gourmands

Des gâteaux à ne savoir qu'en faire, c'est un rêve. Et quel plaisir de s'asseoir tous ensemble autour d'une table bien servie ! Mais trop, c'est trop, et puis avouez que vous n'aimez pas tout...
Les gourmands, les affamés ont parfois besoin de patience et d'astuce pour attraper un bon morceau.
Et avez-vous pensé aux ogres, aux cannibales ? Il faut bien que tout le monde vive, non ?

A partir de 8-10 ans

Le grand méchant loup, j'adore

Qui a vu le loup ? Ce goinfre sans cervelle, qui avalait tout rond les cabris et les grand-mères ?
Le renard a toujours été plus malin que lui et les chasseurs plus adroits. On l'a même converti, le docteur l'a mis au régime et les petites filles d'aujourd'hui lui en font voir de toutes les couleurs !
Pourtant, loup, loup-garou, comment oublier tes yeux qui luisent et tes grandes dents ?

A partir de 8-10 ans

36 façons d'inventer le monde

La création du monde, c'est sérieux, et mystérieux aussi. Comme personne n'était là quand tout est arrivé, on ne peut qu'imaginer ce miracle, ce gigantesque travail : un dieu qui invente, les forces de la nature qui s'éveillent, les animaux, les premiers hommes entre le ciel et les eaux...
Chacun voit les choses selon son inspiration. Et la création des hommes, c'est aussi celle du sourire.

A partir de 9-10 ans

Jouer avec les mots

Histoires pour rire, langages bizarres et fautes d'orthographe, injures, monologues, pensées et proverbes, charades et problèmes à dormir debout, imitations et mensonges... Il y a mille façons de jouer avec les mots.
En voici quelques-unes, qui vous en rappelleront d'autres. Et vous aurez sûrement envie d'en inventer à votre tour.

A partir de 8 ans

Composition réalisée par C.M.L., Montrouge

IMPRIMÉ EN FRANCE PAR BRODARD ET TAUPIN
58, rue Jean Bleuzen - Vanves - Usine de La Flèche.
LIBRAIRIE GÉNÉRALE FRANÇAISE - 6, rue Pierre-Sarrazin - 75006 Paris.
ISBN : 2 - 253 - 03985 - 3

42/0243/8